徳間文庫

夫は泥棒、妻は刑事⑩

会うは盗みの始めなり

赤川次郎

徳間書店

目次

1

「亭主は達者で留守がいい、か」

と、今野真弓《こんのまゆみ》は呟《つぶや》くように言った。

居間のソファで美術雑誌を優雅にめくっていた夫の淳一《じゅんいち》は、その妻の言葉をしっかりと聞いていた。

やはり一流の泥棒ともなると、耳も自然、鋭くなるのかもしれない。

「じゃ、もう少し留守にしようか?」

と、淳一が言うと、

亭主は達者で居留守がち

「何ですって?」

真弓はいぶかしげに、「うちを留守にしてどこへ行く気なの? 分ったわ。他の女の所ね。命は惜しくないっていうのね。分ったわ。それならそれでこっちにも考えがあるわ」

「おい、落ちつけ!」

淳一はあわてて言った。何しろ真弓はやきもちやきというだけではなく、すぐに「射殺してやるわ!」と言うくせがあり、何といっても本物の(?)刑事だけに怖いのである。

「今、お前が言ったからじゃないか」

「今、私が何て言った?」

「『亭主は達者で留守がいい、か』って言っただろ」

「違うわ。『亭主は達者で留守がいいか?』って考えてたのよ」

「そうか……」

淳一も、真弓の無茶な論理には慣れっこである。「で、結論はどうなったんだ?」

「結論?」

と、訊《き》き返した真弓の目がキラッと光った。

「結論はね、留守にしてる亭主なんて亭主じゃないってこと」

「へえ」

「亭主はいつ、も、そ、ばにいてくれなきゃならないの。分る？」

「分るけど、どうしてそう寄って来るんだ？」

「寄ってないわ。近付いてるだけ」

「同じだろ？」

「じゃ、これも同じ？」

「それは『服を脱ぐ』って言うんだろ」

「じゃ、これは？」

淳一は答えなかった。答えようにも、口をふさがれていたのである。もちろん真弓の口で――。

「あら」

と、伊東《いとう》かね子は足を止めていた。「あの人……」

もちろん、都心の人ごみの中で知った顔を見かけるというのは、ありえない話ではない。まあ、そうちょくちょくはないとしても、年に一回あったからといって「奇跡」と呼ぶほどでもあるまい。

しかし、この場合はちょっとした驚きであった。何といっても――。

「確かに、野田《のだ》さんとこのご主人だわ」

と、かね子は呟いた。「でも……何でこんな所に？」

それとも、他人の空似だろうか？

伊東かね子は、ほとんど無意識の内に、その男の後を尾《つ》け始めていた。

もう買物はすんでいたし、夕食までに戻ればいいのだから、ここで一、二時間寄り道しても大丈夫。しっかり頭の中では計算ができている。

しかし、あれがもし本当に野田だとしたら、いつもとは別人のようだ。

地下道を出て、人通りの多い表通りからわき道へ。――バーやクラブの並ぶ、少しごみごみした辺りへと、その男は足を向けていた。

夜になれば酔った男たちが千鳥足で行き来しているのだろうが、まだ午後の四時。明るいときには、まるで芝居の舞台裏を見ているような侘《わび》しさがある。

かね子は、もちろんこんな所へ来るのは初めてである。――ビールくらいは結構飲むが、それも奥さん同士の集まりでのこと。

野田茂子《しげこ》は、かね子と同じ団地にいる主婦である。おとなしい、控え目なタイプで、かね子とも付合いはあるが、せっかちなかね子の方が時には苛々《いらいら》してしまう。

しかし――茂子の夫。野田……何ていったろう？　賢一《けんいち》。そうそう。賢一だ。

野田賢一は三十代の半ば。かね子は三十八で、たぶん野田より一つ二つ上だろう。

しかし、野田は派手さこそないが、実に端正な二枚目で、体つきもスマート。実直なサラリーマンとはいえ、「役者にしたい」と、近所の主婦の間では評判である。

人当りも良く、まめに家のことも手伝っている。――かね子など、すっかり腹が出て会社から帰るとゴロ寝しているだけの自分の亭主を、つい野田と比べてため息をつくことが珍しくない。

ただ、野田は仕事で出張していることが多い。これが妻の茂子にとってはグチの種。何しろ月の半分は出張でうちにいない。

かね子が野田茂子から聞く「亭主のグチ」は、これだけで、そこもかね子には少々面白くない。普通の女房なら、亭主についてのグチくらい、一ダースはアッという間に並べて見せるだろう。

しかし──その野田が、今はいつもと似ても似つかぬ派手なスーツ、ピカピカのエナメルの靴、「キザ」の塊《かたまり》、といった格好で歩いているのである。

尾行している内、かね子の方も段々自信が揺らいで来た。──あの野田が、まさかこんな所に……。

あれは本当に、ただよく似ている他人なのかもしれないわ。

もう尾行はやめようかと思ったとき、その男は、一軒の店の中へと入って行った。

入口で立っていた蝶《ちょう》ネクタイの男が、

「おはようございます」

と、頭を下げる。

「やあ。もう風邪《かぜ》はいいの？」

「ええ、おかげさんで。──すんませんでした、色々と」

と、また頭を下げて、少し小声になると、「あの……きっとお返ししますから、ほんの少し待っていただけますか」

「ああ、いいよ。できたときでいいんだ。そう気にすることはない」

「どうもすみません、本当に」

と、男はくり返し頭を下げた。

――やっぱり。かね子は確信した。

あれは野田さんだわ。あの声、話し方。

いくら外見が似てるからって、声とかしゃべり方までそっくりなんてことはありえない。

でも……。まさか！

かね子は、別の意味で信じられない思いだった。

野田が入って行ったのは、けばけばしいネオンが入口を飾っている――今は昼間だから点《つ》いていないが――店。それも、〈ホストクラブ〉だったのである。

かね子は、歩いて行って、その入口の前で足を止めた。

カラー写真がベタベタとボードに貼《は》ってあって、この店のホストたちがうつっている。

〈貴女《あなた》を夢の世界へ誘う、二枚目たち！〉

という手書きの文字。

「――いらっしゃい」

と、蝶ネクタイの男がかね子に言った。「いかがですか。いい男が一杯いますよ」

正直なところ、「二枚目」らしい男なんて、写真で見る限り、ほとんどいない。

「まだ開いてないんでしょ？」

と、かね子は訊いた。

「いえいえ。昼間はサービス料金でしてね。だって、そうそう夜出かけてこられる女の方ばかりじゃないでしょ。夕方にはちゃんとお宅へ帰ってご飯の支度をする、って奥さんにも楽しんでいただけるように、午後五時までは特別料金なんですよ」

なるほど。――金持の、暇を持て余している奥さんなんか、そう大勢いるわけではあるまい。ごく当り前の主婦でも、こんな所へ足を運ぶ時代なのかもしれない。

「――今、入ってった人、何ていうの？」

と、かね子は訊いた。

「ああ、星《ほし》さんね。ありゃいい男だ」

「星……？」

「そこに書いてあるでしょ。〈星勇気《ゆうき》〉って。もちろん芸名ですけどね。でも、あのひとは一番人気。こんな時間なら、空いてるだろうけど、夕方近くなったら、ご指名が押せ押せでね。とても無理ですよ」

「じゃあ……今なら？」

「大丈夫でしょ。まだお客はほとんどいないですから」

「そう」

——まさか。自分がこんな所へ足を踏み入れようとは。

かね子は、薄暗い地下の店で、ソファにかけて、〈星勇気〉がやってくるのを待っていた。

「——どうも。いらっしゃい」

と、その男がやって来た。「ご指名いただいて」

「どういたしまして。野田さん」

野田が、かね子を見分けた。ハッと息をのんで、

「これは……」

と絶句すると、「——いや、これはどうも」

と、ソファに座る。

「向い合せじゃなくて、お隣へ来てよ。そうするんでしょ」

「伊東さん――」

「心配しないで。偶然なの。あなたを見かけて、ここまでついて来たのよ。――今、出張中のはずなんでしょ」

「ええ、まあ……」

と、野田はためらいがちに肯《うなず》いて、かね子の隣へ移った。「奥さん、このことは――」

「大丈夫。黙ってるわよ」

と、かね子は言った。「とりあえず、ビールでもいただこうかしら」

そして、かね子の手は、野田の、大きな指環《ゆびわ》をはめた手を握っていたのである……。

「ご主人がおかしい？」

と、真弓は言った。「浮気ね！　全く、男って奴《やつ》はしょうがないんだから！　別れちゃいなさい。それが一番！」

「いえ――真弓、ちょっと落ちついて」

と、野田茂子があわてて言った。「そうじゃないの。いえ――そうかもしれないけど、よく分らないの」

「そんなの簡単よ。拳銃《けんじゅう》突きつけて、『イエスかノーか』ってやってやりゃ、たいてい白状するわ」

「おいおい」

と、そばで聞いていた淳一が呆《あき》れ顔で、「お前の過激なやり方が、よそでも通用するわけじゃないんだぜ」

「過激？　どこが？」

真弓は大真面目《まじめ》に問い返していたのである。

――野田茂子は、あまり眠っていないのか、目を赤くして、ため息をついた。

「主人に秘密があるなんて……。考えたこともなかった」

「茂子、昔からおとなしかったものね。私と一緒で」

真弓はやはり真面目にそう言ったのだった。

――大学時代の友人、野田茂子から、「夫のことで相談が」と言われ、非番の今日、家へ来てもらったというわけだった。

「ともかく、月の半分も出張しているはずのご主人が、実は全く出張なんかしていなかった、というわけですね」

と、淳一が代りに訊いた。

何しろ、真弓に任せておいたら、いつまでたっても話が先に進まない。

「ええ。——ともかくびっくりしました」

と、茂子はまだショックから立ち直れない、という様子で、「会社の方では、主人の希望で臨時雇扱いになっている、と言われ……。要するにアルバイトなんです。私に出張と言って出かけている日は、会社へ出ていません。つまり、会社へ行くと言って出て、その日に帰ってくるときは、本当に出社しているんです。でも、そうでない日は——どこへ行っているのか」

「当人に訊いたんですか」

と、淳一が言うと、真弓がすぐに、

「訊けないのが女心なのよ。分ってないわね！」

「いえ、訊こうとは思ったの。でも——怖くて」

と、茂子は目を伏せた。「だって……浮気なら、こんなにひんぱんに留守にすることなないと思うの。それに——うちは決して収入の少ない方じゃない。いいえ、年齢の割にはぜいたくをしていると思うわ。その稼ぎがどこから……」

「なるほど。分りますよ。ご主人が何か良からぬことに係り合ってるんじゃないか、というわけですね」

「ええ、そうなんです」

と、茂子は肯いた。「もし——夫が泥棒だったなんて知ったら……。とても生きていけませんもの。——真弓。どうかしたの、急に咳込《せきこ》んで？」

「何でも——ないの」

と、真弓はあわてて胸を叩《たた》いて、「でもね……泥棒だって、いい人はいるのよ」

「それはともかく」

と、淳一が割って入り、「とりあえずはご主人が何をしているのか調べることですな。——真弓、尾行はお前の専門だろ」

「でもねえ……。犯罪が絡んでると分っていればともかく……」

と、真弓は腕組みをする。

いつもなら、もっとむちゃくちゃなことを平気でやる真弓だが、やはり「泥棒」についての茂子の発言が引っかかっているのかもしれない。

「もちろん、忙しいのはよく分ってるの」

と、茂子は肯いて、「でも――自分で後を尾けるなんて、すぐ気付かれそうだし、といって興信所とかに頼むのも、今一つ信用できない気がして……」

「――分ったわ」

と、真弓がきっぱりと言った。

「やってくれる？」

「私は、重要な事件を抱えて動けないけど、私の代りに何でもしてくれる、頼もしい部下がいるの。その子に任せるわ」

真弓の言葉に、淳一はそっとため息をついた。

道田《みちだ》君も可哀《かわい》そうに……。

2

「楽しかった！」

と、伊東かね子が伸びをする。「ね、また会えるでしょ?」

野田は、ネクタイをしめながら、一瞬答えるのをためらった。

「――ああ」

「気が咎《とが》めてる?」

と、かね子はベッドから訊いた。

「そりゃあね。当然だろ」

「奥さんに対して? それともうちの亭主に対して?」

「両方さ」

野田は鏡に向って、髪の毛にていねいにクシを入れた。

「真面目な人ね。でも、そこがいいとこだものね。でも、うちの主人のことは気にしなくていいわ。気が付きゃしないわよ」

「どうかね。それに知らなきゃいいってもんでもないさ」

「奥さんは何か気付いてる?」

かね子の無邪気な訊き方に、野田はちょっと顔をしかめた。

「気付いてない、と思うがね」

少し、口調が素っ気《そけ》なくなる。

全く！——こうして野田が伊東かね子とホテルに入ったりしているのは、かね子が、

「奥さんには黙っててあげるから……。いいでしょ？」

と、脅迫同然の言葉で迫って来たからである。

でなければ、いくら店の「客」とはいえ、こんなことになるわけがない。——野田はあの店の一番の売れっ子だが、客と寝ることは決してなかった。

かね子はそう思っていないようだが……。

「もう行くよ」

と、野田は鏡の前で自分のスタイルをチェックした。

「ね、ちょっと今月おこづかいが足らないの」

と、かね子が甘えた声を出す。

野田はチラッとかね子を見ると、札入れから何枚かの一万円札を出して、テーブルに置いた。

「じゃ」

と一言、かね子が手を振るのを無視して、部屋を出た。

ホテルから店までは、細い裏道を抜けてほんの五、六分。

店の入口が見えてくると、野田はごく自然にため息をつく。――仕事だ、と自分へ言い聞かせる。仕事なのだ。

「あ、星さん、おはようございます」

蝶ネクタイの久本《ひさもと》が、店の入口を掃除している。――いわゆる「呼込み」だが、もう五十を越えていて、大分疲れて見える。

「どう、具合は？」

と、野田は声をかけた。

「ええ、おかげさんで、今日からはちゃんと学校へ行ってますよ」

「そりゃ良かった」

と、野田は笑顔になって、「幸世《さちよ》ちゃんもだけど、久本さんも、体、気を付けないとね」

「私は大丈夫ですよ」

「そうかい？　顔色、あんまり良くないぜ。一度ちゃんと検査してもらいなよ」

「あんなもん、受けて何か見付かったらいやですよ」

「見付けるために受けるんだよ」

と、野田は苦笑いした。「——まだお客は入ってないだろ?」

「ええ。でも今日は金曜日だ。さぞ混み合うでしょ」

「そうか。じゃ、頑張らないとな」

野田が店へと階段を下りようとすると、

「パパ!」

と、可愛《かわい》い声がして、ランドセルをしょった女の子が駆けて来た。

「何だ、もう帰ったのか」

と、久本が相好《そうごう》を崩した。「どうだ、学校で何か訊かれたか?」

「ううん、何も」

「ほら、星さんにご挨拶《あいさつ》しな」

「今日は」

「やあ、幸世ちゃん」

と、野田は笑顔で、「パパにご用かい?」

幸世は十歳。小学生である。久本は、バーのホステスだった女と同棲《どうせい》していてこの子が生まれたのだが、女は三年前、他の男と姿を消してしまった。幸世を残して。

久本は、遅く生まれたこの子を可愛がっていた。今はこの幸世と二人暮し。

「今夜のおかず、何がいい?」

と、幸世が訊くと、久本は笑って、

「全く、一人前の口をきくもんだ」

「その内、パパを追い越すさ、背の高さでも。な、幸世ちゃん」

「うん」

と、幸世は肯いて、「あ、これ……」

折りたたんだ紙を野田へ差し出す。

「何だい?」

「これ、今、そこで知らないおじさんがね、あそこに立ってる人に渡してくれって
……」

「へえ。何だろう?」

野田はその紙を開いたが――。その走り書きを読んで、サッと顔が青ざめた。

「どうしたんですか」

と、久本が訊く。

「いや……。何でもない」

野田は素早くその紙をポケットへねじ込んだ。「そういえば、新人のホストが入るって？」

「ええ。見かけはそう悪くないけど、何だかボーッとした奴ですよ」

「へえ。楽しみだね。――じゃ、幸世ちゃん」

「バイバイ」

と、少女は手を振って、野田は階段を急いで下りて行った。


「――誰《だれ》か来たぜ」

と、淳一は頭を上げた。

「夜中よ」

と、真弓はTVから目を離さない。

「しかし……まだ鳴らしてる。もしかすると道田君かもしれないぜ」

「このレンタルビデオ、明日返さなきゃいけないのよ。見終るまで待たせときゃいいわ」

淳一は諦《あきら》めて玄関へと出て行った。

やはり、訪ねて来たのは真弓の部下で、真弓に心からの愛を捧げている道田刑事だったが……。

「――おい、道田君だ」

と、淳一が居間へ戻ると、

「まだ終ってないわ」

「何か大切な話があるんだってさ」

「プロポーズならお断りよ」

と、真弓は言って、渋々リモコンでビデオを止めた。「どうしたの？　茂子の亭主を見張ってたんじゃ――。道田君！　何よ、その格好？」

真弓もさすがに目を丸くした。

道田は何とピンクのスーツ、フリルのついたシャツに白の靴といういでたち。しかも髪はリキッドでテカテカに光り、顔にはうっすらとお化粧さえしている！

「真弓さん……」

と、その派手な格好とは裏腹に、すっかり沈み込んだ様子の道田は言った。「申しわけありません」

「道田君……」

「真弓さんの命令で、野田賢一を尾行しました。すると、野田はあるホストクラブで働いていたんです」

「ホストクラブ？」

「ええ。何とか見張っていたかったんですが、ホストクラブに客として入るわけにいかないし……。仕方なく、〈ホスト志願〉ですってことにして——。そしたら、こんな格好させられちゃったんです」

淳一は必死で笑いをかみ殺している。

「で、何？　ご婦人方のお相手をしたわけ？」

と、真弓は話のポイントが分っていない様子で言った。

「いや、僕は……」

と、道田は口ごもって、「その——やはり、どうしてもできなかったんです！　真弓さん以外の人と抱き合ったり……」

「ちょっと！　人が聞いたら、本当に抱き合ったことがあるのかと勘違いするでしょ」

「すみません」

「まあ、ここにゃ誰もいないぜ」

と、淳一が取りなす。「それにしても、道田君なら結構おばさまたちにもてそうだがな」

「やめて下さい」

と、道田はゾッと身震いして、「思い出しただけで寒気がして……」

「あら、うまくやりゃ、その内スポーツカーでも買ってくれるかもよ」

「スポーツカーは知りませんけど……。これ、もらっちゃいました」

と、道田が金ピカの腕時計を見せる。

「こりゃ凄《すご》い！　ロレックスの純金？　何百万もするぜ」

「いらないって言うのに、無理やり……。前の腕時計をとられちゃったんで、仕方なくはめたんです」

「呆れた！　刑事ともあろうものが」

自分がやらせた「個人的用事」であるのも忘れて、真弓が文句を言っている。

「まあ、それはともかく、だ」

と、淳一が真弓の肩を叩いて、「なあ、これで例の野田茂子の旦那《だんな》が、どうしていい稼ぎをしているか分ったじゃないか」

「星さんは凄いですよ。もう夕方からご指名の客が絶えないんです」

「星さん？」

「お店での名です。〈星勇気〉って、冗談みたいな名前なんですけど」

「へえ」

と、真弓が珍しそうに、「じゃ、道田君にも名前がついたわけ？」

「え、ええ……」

と、道田が目をそらす。「僕のは大して面白くありませんよ」

これで真弓が聞かずにすますわけがない。

「何なの？　言ってよ。業務命令よ、これは」

と、無茶を言い出す。

「はあ……。その……〈プリティ・ミッチー〉というんです」

「ミッチー？」

「道田の『道』をとって、それに『可愛い』からって」

道田は真っ赤になっている。

「プリティ・ミッチーか！　いいわね。今度から道田君のこと、そう呼ぼうかしら」

と、真弓は笑い転げる。

「そういじめるなよ」

と、淳一は苦笑して、「しかし、ホストクラブにつとめてる、ってことだって奥さんにゃ打ち明けにくいだろうな」

「茂子、ショックだろうなあ」

と、真弓が伸びをして、「でも……泥棒だった、っていうのとどっちがいいかしら？」

「そりゃ、別に法に触れることをしているわけじゃないからな」

「でも、私だったら泥棒の方がいいけどね」

と、真弓は言った。「あら、電話よ、道田君」

「うちの電話だぜ」

と、淳一が言って、「ああ、いいよ、道田君。俺が出る。──はい。──あ、どうも。はい、おります。──おい、お宅の課長さんだ」

「へえ。週末に何の用かしら。デートの約束だったら、もう一杯」

普通、警視庁の捜査一課長が、そんなことで部下の所へ電話してきたりはしないものである。

「──あ、課長。ちょうど今、お噂《うわさ》してたところなんです」

「ろくな噂じゃあるまい」

と、不機嫌な声が返ってくる。

「よく分りますね。何ですか？」

「事件だ」

と、うんざりしたような声で、「道田、そこにいるか」

「ええ」

「やっぱりな」

と、変に納得している。「じゃ、一緒に行ってくれ。新宿の〈ホストQ〉っていうホストクラブだ」

「ホストクラブ？　へえ、偶然だわ。――あ、いえ何でもありません。――〈ホストQ〉ですね。分りました。すぐ出かけます。殺しですか」

「そうだ。ともかく現場へ向ってくれ」

「はい、了解」

一応、刑事らしい答えをして、電話を切る。

「道田君、事件ですって。行くわよ」

と、立ち上る。

「真弓さん……。今、〈ホストQ〉って言いました？　そこが現場なんですか」

「そうよ。どうして？」

「〈ホストQ〉って――野田のいる店です」

「ええ？」

真弓もさすがに目を丸くした……。

「――どいて！　ちょっと、邪魔！」

週末の夜、〈ホストQ〉の辺りはただでさえ凄い人出。

パトカーでやっと乗りつけたものの、真弓たちは野次馬をかき分けて店の中へ入るのにずいぶん手間どってしまった。

「――あら、あなたも来たの」

と、淳一が隣にいるのに気付く。

「亭主に向って、それはないだろ。ちょっと興味があって、タクシーで追って来たんだ」

「どんなところに？」

「まあ適当に見て回るよ。そっちはちゃんと仕事をしてろ」

「はいはい。――道田君は？　道田君！」

「はあ……」

と、道田がおずおずと階段を下りてくる。

「何してんの。仕事よ！」

「分ってます。ただ……こんな格好なんで……」

まだピンクのスーツのままである。

「仕方ないでしょ！　プロはね、たとえ裸でも仕事はやるのよ」

他人のことだと思って、勝手なことを言っている。

「はあ……」

「――何だ、やっと来たか」

と、検死官の矢島《やじま》が店の奥から出て来る。「何とも派手な店だな」

「仕方ありませんよ。こういう店ですもの」

と、真弓は言った。

派手という言い方は、やや誤解を招くところがあるかもしれない。店の中はやや薄暗い。

そしてムードたっぷりの照明が一つ一つの席をぼんやりと浮き上らせている。

「現場は?」

と、真弓は訊いた。

「店の奥の個室だ」

「個室があるんですか」

「うん。別料金で、結構高いらしい。ま、何をするのかは知らんがな」

と、矢島は言って、道田に気付き、「何だ、道田君。どこかで仮装行列でもあったのか？」

道田は聞こえないふりをしていた。

——奥に入って行くと、細い廊下に、ドアが三つ並んでいる。

一番奥のドアが開け放してあり、白衣の男たちが出入りしていた。

「——ここだ」

と、矢島が肯く。

大して広くはないが、ソファや飾り棚などがあって、酒が並べてある。その床に、男が倒れていた。

「後頭部を一撃。——この像だろう、凶器は」

と、矢島はブロンズの裸婦像が床に落ちているのを指さした。

高さが五十センチほど。結構な重さだろう。

「指紋は？」

「いくつか出ている。——ちゃんと採っとくよ」

「よろしく。でも、この被害者、お客じゃないですよね」

と、真弓はかがみ込んだ。

四十前後か。中年太りのした、典型的なサラリーマンというところだ。

「――身分証があるわ」

真弓は、男の背広の内ポケットから財布を見付けた。「〈伊東正士《まさし》〉。――普通の会社員だわね」

そこへ、黒いスーツに蝶ネクタイの、口ひげを生やした男が入って来た。

「支配人の青田《あおた》です」

と、不安げな様子で、「あの……どんな具合でしょうか」

「捜査がちゃんと終りませんとね」

と、真弓は素っ気ない。「この被害者は、何の用で来てたんですか」

「はあ……。うちのホストに用があると言って。――週末の夜ですし、忙しいところへ個人的な用でみえても困るんですけどね。ま、珍しいことじゃありません」

と、青田は肩をすくめる。

「というと？」

「ここのホストにずいぶんお金を注ぎ込んでいる奥さんばかりですからね。旦那が何も知らずにいて、ある日仰天、ってわけですよ」

「なるほどね。それでここへ怒ってやってくる、と」

「大部分はそういうパターンです。しかし、何も私たちはご婦人方からお金を騙《だま》し取ってるわけじゃない。ちゃんと納得していただいてるんです。それに個人的にホストにプレゼントを渡すのも、法に触れるわけじゃありません。結局ご夫婦の間で話し合っていただくしかありませんからね」

確かにこの青田の言う通りだろう。店を訴えたところで、勝ち目はない。

「この人はどのホストに用だったんです？」

「連れて来ました」

と、青田は廊下の方へ、「おい、入れよ。——うちの一番の売れっ子、〈星勇気〉です」

そして青田は、道田に気付くと、

「あれ？　プリティちゃん、何してんだ、こんな所で？」

「これは私の部下の道田刑事です」

と、真弓は言った。「色々お世話になったようで」

青田がアングリと口を開け、個室の中へ、野田が入って来た……。

3

「あなた……」

野田茂子は、店の中へ入って来て、夫を見付けると、そう言ったきり、ポカンとして突っ立っていた。

「茂子……」

野田は顔を伏せた。「——見ないでくれ。恥ずかしい」

「そんな……」

茂子は、気を取り直して、「どんな格好をしてたって、あなたはあなたでしょ」

と、夫の方へ歩み寄った。

「すまん……。どうしてもお前に話せなくてな」

「いいのよ」

と、茂子は夫の胸にちょっと顔を埋めると、

「——香水？　洒落《しゃれ》たのつけてるのね」

「ああ。これも商売道具さ」

茂子は少し離れて、改めて夫を眺めると、

「でも、すてきよ、とても。あなたでなきゃ、そんな格好、とっても見られない」

エヘンと咳払いしたのは真弓だ。

「良かったですね、野田さん。茂子に泣かれないで」

「全くです」

と、野田は汗を拭《ぬぐ》った。

「でも、今のところ、あなたは重要参考人です。お忘れなく」

「分っています。あの――帰ってもいいんでしょうか」

「どうぞ。奥様に色々お話があるんでしょ？」

真弓は、野田が妻の肩を抱いて店を出て行くのを見送った。

「――ま、結構じゃないか」

いつの間にやら、淳一が立っている。

「あなた。どこをコソコソしてたの？」

「おいおい。ネズミじゃないんだぜ」

と、淳一は苦笑して、「殺されたのは野田の知り合いか」

「そう。伊東正士。同じ団地の住人。――伊東かね子って奥さんが、野田の秘密を偶然見付けたのよ。で、仕方なく野田さんは伊東かね子の浮気相手をつとめた。亭主がそれに気付いて、ここへ野田に会いに来た……」

「つじつまは合うな」

と、淳一は肯いた。「で、野田はどう言ってるんだ?」

「ともかく今日は金曜の夜。一番忙しいんですって。それで、個室がちょうど一つ空いていたんで、あそこへ入ってもらい、待っててくれと言った。――やっと体が空いて行ってみると、伊東正士はもう殺されてた、ってわけ。野田の話を信じればね」

「その間、どれくらい時間があったんだ?」

「約四十分くらいだろうって。でも、どうだか。こういう所じゃ、時間なんてはっきりしないもの」

「ふむ……。しかし、いくら店が混んでいても、伊東を殺す動機のあった人間はそういないだろう」

「そりゃそうね。やっぱり野田かしら?」

「いや……。違うと思うな。殺すにしても、自分に疑いがかかるに決ってるのに、わざわざ店の中でやるか？　とりあえず話をして、どこか外で場所を捜すだろう」

と、淳一は言って、「そうだ。こういう店じゃ、呼込みをやってる奴が、一番客の出入りをよく見てる。話を聞くといいと思うぜ」

真弓が飛びついたのは言うまでもない……。

「――久本といいます」

と、呼込みの、少しくたびれた男は言った。

「野田さんのことはよく知ってるわね」

と、真弓が訊く。

「はい、そりゃもう」

と、久本は肯いて、「星さんは――こう呼ばないとピンと来ないんですが――そりゃいい人です。中にゃ売れっ子になると、私なんかには声もかけないってのもいますが、あの人はそりゃ親切で」

「そう。――今夜の事件のことは聞いてるわね」

「ええ」

と、久本は眉《まゆ》をくもらせて、「いやですね。ま、そういうトラブルはこの仕事につきものですけど、人殺しとなると……。でも、あの人じゃありませんよ。いや、余計な口出しかもしれませんが、星さんみたいないい人がそんなことしませんよ」

「いい人だからこそ、人を殺すってこともあるのよ、世の中には」

真弓がいやに哲学的なことを言い出した。「今夜のお客の中で、何か少し様子のおかしい客とか、気付かなかった？」

「様子のおかしい客ですか？──まあ、ここへ来る奥さんたちはみんな目がギラギラしてますからね。おかしいと言やあ、少しはおかしいです、誰でも」

と、久本は言った。

「つまり、逆に言うと、ちっともそんな風でない客の方がおかしい、ってことだな」

と、淳一が口を挟む。

「そうですね。──あ、一人、いやにそわそわして落ちつかないお客がいました。星さんの所へ最近ときどき来てる人ですよ」

「人妻？」

「もちろんそうでしょう。いつも昼間なんです、みえるのが。ところが今日は夜だったんで、珍しいな、と……」

久本が話しているところへ、警官がやって来た。

「失礼します。被害者の夫人がみえていますが」

「伊東かね子さんね。――こっちへ」

「はい」

すぐに、おずおずとした足どりでやって来た女は、ショックのせいか青ざめていた。

「――あの、主人はどこでしょう？」

「伊東さんですね。お気の毒です」

と、真弓は言って、「奥の個室です。ご案内します」

ほとんど鑑識の仕事もすんでいるようだった。

「ちょっと出かけていたものですから、ご連絡いただいていたのに留守していて、申しわけありません」

と、廊下を歩いて行きながら、伊東かね子は言いわけしている。

「――こちらです」

真弓に促され、かね子は個室へ足を踏み入れた。――夫の死体を見ると、ギクリとした様子で足がすくんだようだ。

「ご主人に間違いありませんね」

「はい……」

呆然《ぼうぜん》としている。悲しいとか、ショックというよりも、目の前の光景が幻で、その内消えてなくなるのではないかと思っている様子だ。

「どうしてこの店へご主人が来られたか、見当はつきますか」

「さあ……。遊びに来たわけじゃ……」

「ここはホストクラブですからね。女性が遊びに来る所ですよ」

「はあ……」

かね子は頭を振った。

「あの……」

と、廊下から久本が顔を出した。

「何か？」

「さっき言った、星さんのお客というのは、この方ですよ」

かね子がドキッとしたように身をひく。

「何を……。私、知りません、こんな所！」

「いや、間違いないです。服装は全然違いますし、髪もヘアピースをつけてましたけど、そんなことすると、却《かえ》ってよく分るものなんですよ」

久本の言葉には説得力があった。かね子が真青になっているのも、認めているのと同じことだ。

「つまり、今夜、この奥さんはここへ来てた、ってことね」

「ええ、間違いありません」

「何時ごろだったか、憶《おぼ》えてる？　殺されたこの男の人と、どっちが先だった？」

「この男です。中でちょっとゴタゴタがあって、私、一旦下へ下りて来てたんです。それからまた上の入口へ戻って、少ししてこの奥さんが。間違いありません」

久本の言葉を聞いていた伊東かね子が、泣き出した。そしてしゃがみ込んでしまうと、さらに激しく、肩を震わせて泣き続けたのである……。

「――で、どうしたんだ？」

と、淳一は言った。「自白したのか」

「いいえ」

真弓は欠伸《あくび》をして、「野田との浮気のことは認めたけど、それだけ。夫が殺されたことに罪の意識は感じてるけど、自分がやったんじゃない、と言ってるわ」

真弓は居間のソファに引っくり返った。

「ああ、眠い！」

「じゃ、伊東かね子も家へ帰されたんだな」

「ええ。直接の証拠はないしね。もちろん目は離さないわ。しっかり見張ってるわよ、道田君が」

「そうか。――あのピンクのスーツで？」

「もう着替えたわよ」

と、真弓は笑った。「あれじゃ目立ってしょうがないもん」

「むずかしいところだな」

と、淳一は首を振った。

「何が？」

「誰が犯人か、さ。もちろん」

「でも、伊東かね子がやっぱり——」

「しかし、なぜ夫を殺すんだ？　まあ、争っていて、ついやっちまった、っていうのなら分るけどな。あんな店の個室ったって、大して遮音されてるわけじゃあるまい。言い争ったり、人殺しするほどのケンカをやらかしたら、きっと店の誰かが気付いてる」

「そりゃそうね」

「といって、後は誰がいるか？」

と、淳一は続けた。「野田賢一は、やはり除くわけにいかない。何といっても、伊東は野田に文句をつけに行ってるわけだからな」

「そうね。でも、伊東かね子と野田と、他に誰がいる？」

「野田茂子は？」

真弓がキョトンとして、

「——私の友だちよ」

「そりゃ理由にならない。もし、夫のしていることを知ったとしたら、どうだ？　伊東かね子との仲も知っていたら？　伊東が夫と争う前に何とか話をつけようとして、つい、ということもあり得る」

「ひどいこと言うのね」

と、真弓は顔をしかめた。

「論理さ。もちろん、犯人じゃないとは思うが、可能性はある」

「じゃ、誰を捕まえりゃいいの？」

「それはお前が調べるんだろ」

「冷たいのね」

とは言いながら、真弓だってプロである。

ちゃんと、夫の手を借りずに犯人を捕まえるつもりではいる。

「じゃ、あなたの役目は？」

「俺は俺の仕事がある」

「仕事だけ？」

「他に何だ？」

「妻に安らぎを与えるって仕事もあるんじゃない？」

「まあな」

――それが夫にとっても安らぎかどうかは別だが、と淳一は思った。

しかし、こうなると、「安らぎ」を与えずには終らないのも、これまでの経験上、分っていたのである……。

4

「やあ」

と、野田が言った。

〈ホストQ〉の入口を掃除していた久本が、顔を上げて、

「星さん！」

「星さんはやめてくれ」

と、野田は笑って、「もう、この店には来ないよ」

野田は、ごく普通のサラリーマン姿だった。

「じゃあ……辞めるんですか」

と、久本ががっかりした様子で、「ま、しょうがないですが」

「元気出せよ」

と、野田は久本の肩を叩いて、「僕もね、ここではそれなりに頑張った。しかし、どう考えても、ごく普通の奥さんたちから、何十万もする時計だのスーツだのをプレゼントされるのは、まともな仕事とはいえないよ。たとえ法に触れていなくてもね」

「そりゃそうですがね」

と、久本は肯いた。「寂しくはなるけど、ま、野田さんのためにゃその方がいい。そいつはよく分りますよ」

「女房も、収入が減る分、自分が働くと言ってるしね。僕も一応はこうして自由に歩き回ってるが、まだ、いつ逮捕されるか分らない身だ」

「まさか!」

「本当さ」

野田はチラッと後ろを振り向いた。「あそこに立ってるだろ、男が」

少し離れて、駐車した車にもたれ、男が手持ちぶさたにしている。

「あれが……?」

「刑事だよ。ずっと僕を尾行してる」

「野田さんが犯人のわけないのに」

「しょうがない。あれが向うの仕事さ」

と、野田は笑って、「じゃ、ちょっと青田さんに挨拶してくる」

と、階段を下りて行こうとした。

「キャーッ！」

と、甲高い叫び声。

「幸世！」

久本が顔色を変えた。「幸世！」

野田がびっくりして振り向く。

久本の娘が、泣きながら駆けて来たと思うと、

「パパ！」

と、父親の腕の中に飛び込んだ。

「どうした！　大丈夫か！」

と、久本がしっかり娘を抱きしめる。

「パパ……」

幸世は泣きじゃくっている。

野田は、あの刑事が右手を押さえながら、顔をしかめてやって来るのを見た。

「どうかしたんですか」

と、野田が訊くと、

「びっくりしたぜ、もう！」

と、刑事は首を振って、「いつの間にか、この子がそばに立ってたんだ。だから、

『やあ』って言って、頭をなでたら、いきなりかみつかれた」

「かみついたんですか？」

「見てくれよ。——おい、ひどいぜ、こんなの」

確かに、刑事の右手から血が流れている。

「——すみません」

と、久本が幸世を抱いてなだめながら、「この子——ちょっと今、かんが強くて。

悪気はないんです。すんません、どうも」

と、必死で謝る。

「逮捕する気はないけどね」

と、刑事はしかめっつらをして、「しかし、凄い力だ」

「申しわけありません」

と、野田が言った。「中で手当を。――さ、店の中に、薬もありますから」

「そうかい？　ま、消毒だけでもしてもらっとこうか」

と、刑事が野田に促されて階段を下りて行った。

「――幸世。大丈夫だ。あのおじちゃんは大丈夫なんだよ」

と、久本は言い聞かせるように言った。「分るかい？」

幸世はやっと泣きやんで、コックリと肯いた。

「よし、いい子だ。――じゃ、お店にいるか？　帰りまで大人しくしてられるかい？」

「うん」

と、幸世が言った。

「よし……」

久本は、幸世の手を引いて、階段を下りて行った。

――淳一は、少し離れた場所から、一部始終を見ていた。

「ふむ……」

と、顎《あご》をなでて、「どうも妙だな」

そして淳一は、〈ホストQ〉の入口まで来て、チラッと周囲を見回した。

「何だっていうの？」

と、真弓は言った。「私が疲れた中年の人妻？」

「落ちつけよ」

と、淳一はなだめた。「お前がそうだと言ってるんじゃない。そういうふりをして見せろ、と言ってるんだ」

車は、もう大分ごみごみした町並の中を走っている。

「無理よ」

と、真弓は腕組みをした。

「しかし、これも捜査のためだ」

「分ってるわよ」

と、真弓はむくれて、「でも、元気で若くて幸せな美しい妻が、どうやったらそんな風に見えるわけ？」

「任せろ」

淳一は、車を停《と》めた。「じっとしてろよ……」

——その十分後、真弓は少々おずおずと〈ホストQ〉の入口に立った。

久本が、客を一人案内して、階段を上ってくる。

「いらっしゃい」

と、真弓へ声をかけた。

「あの……初めてなんです」

「ああ、ご心配いりませんよ。この店はね、絶対に大丈夫。安心して入って下さい」

久本はどことなく人なつっこい。相手に安心感を与えるところがあるのだ。

「じゃあ……。本当に、そんなにお金、沢山は持ってないんですけど」

と、真弓も熱演である。

「いくらお持ちで？」

「十万円ほど」

久本は笑って、

「一流ホテルで食事するわけじゃありませんよ。さ、どうぞ。いいホストが揃《そろ》ってますからね。奥様のお疲れをいやしてくれますよ」

――淳一によるみごとな手ぎわの変装のおかげで、久本は全く真弓に気付いていない。

真弓も、こうなると「のりにのる」タイプである。

「もうこのところ、腰が痛くて……」

などとリアルに「中年」して見せるのだった……。

それにしても、大したもんね。

真弓は、正直なところやや感動さえしていた。真弓の席にやって来たホストは、そう二枚目というわけではなかったが、ともかくやさしくていねいで、「人の話を聞く」という点にかけては、正にプロという感じであった。

もちろん真弓は適当に、

「夫がいつも遅くて、寂しい」

とかグチを並べていただけだが、それに同情してくれる、そのやり方が何とも上手《うま》いのだ。

これなら、本当に夫との間に隙間風《すきま》の吹いている妻がここへ通いつめてしまうのも、分る気がした。

本当にね！――こういう所へ来る奥さんたちを馬鹿《ばか》にする前に、世の亭主族は我が身を振り返って反省するべきだ。

このホストたちの真似《まね》をしろとは言わないが、せめて妻の心に対して思いやりの気持があれば――。

私はその点、幸せね。真弓はつくづく思ったのだった。

「――どうしてくれるんだ！」

と、男の声が店の中に響く。

「何かしら」

と、真弓が首を伸して見ると、店の入口に、赤ら顔の男が立ってわめいている。

「女房をどこへ隠した！　ここへ来てるのは分ってるんだ！」

支配人の青田が、

「まあ、落ちついて下さい。奥様がおられるかどうか、捜してみて下さいよ」

と、なだめている。

「フン、どこかへ逃げてるに決ってる！　この店に百万以上も注ぎ込んでるんだぞ。どうしてくれる！」

「ま、どうぞお静かに。――さ、ちょっと奥の方へ」

青田はその男を案内して、一旦《いったん》店の中をグルッと回った。

「――フン、ろくな女がいないな」

と、男は八つ当り気味。

「さ、お分りでしょう。奥様はおいでになってないんです」

と、青田は言って、「どうも皆様、お騒がせして」

と、他の客に頭を下げると、男を奥の方へ連れて行った。

「――よく来るの、ああいう人？」

と、真弓はホストに訊いた。

「ええ。自分が奥さんを放っとくからいけないのにね。毎晩一人や二人は来ますね。特にこのところ多くて」

「へえ。――どうやって帰すわけ？」

「さあ。青田さんが相手してますよ、いつも。何とかうまく丸め込んでるんじゃないですか」

「なるほどね……」

「奥さん、学生時代のことを伺いたいな。きっと可愛い女学生だったでしょうね」

と、少し寄ってくる。

「そうね……。あの、何か飲物がほしいわ」

と、真弓は身をひいて、「お願いできる？」

「もちろんです。何にします？」

「何か軽いカクテル。お任せしますわ」

「分りました」

と、ホストが立って行く。

真弓は少し間を置いて立ち上がった。

トイレでも捜している、という風にして奥へ入って行く。

あの三つの個室はどこも使っていた。

青田はさっきの男をどこへ連れて行ったのだろう？

真弓は、廊下の突き当り、重いカーテンをそっと上げて、その奥へ入って行った。

事務所というか、青田のいる部屋があるのだろう。

「――いや、それじゃ、ちょっとね」

青田の声がした。

薄暗い廊下。ドアが一つあって、明りがその下の隙間から洩《も》れている。

真弓は、そっと近付くと、ドアに耳を当てた。

「高いぜ、そいつは」

と、男の声。

さっき店でわめいていた男である。

「そうですか？　しかしね、こりゃ可愛い子なんですよ。――どうです」

少し間があった。

「――いいな。これなら、払ってもいい」

と、男がちょっとこわばったような声を出した。

「ね？　可愛い子でしょ」

「ああ……。眠ってるのか？」

「クスリで眠らせてあります。何をしても大丈夫。目を覚ましゃしませんよ」

「そうか。——じゃ、二時間だな」

「二時間ですね。——結構です」

「いや……。いいな、これくらいの年齢の子が一番だ」

「いいですね。傷つけたりしないで下さい。もしばれたら大変だ」

「分ってる。やさしく可愛がるよ」

と、男が忍び笑いをする。「いくつだって、この子？」

「十歳です。間違いありませんよ」

と、青田は言った。

真弓は身震いした。

拳銃を取り出すと、おもむろにドアを開ける。

ギクリとして振り向く二人の男。そして——あの久本の娘、幸世が、ソファの上に裸で寝かされていた。

「何だ、勝手に——」

と、青田が言いかけて、真弓の手の拳銃を見てギョッとする。

「人間じゃないわね、あんたたちは」

真弓は、淳一の細工してくれた変装をといた。

「——刑事さん」

青田が、唖然《あぜん》とした。「これは……その……このお客がどうしてもと……」

「ふざけるな！」

と、男がわめいた。「そっちが声をかけて来たんじゃないか！」

「射殺しても、絶対に悔まないけどね」

と、真弓は言った。「ね、こっちに向って来てくれない？　正当防衛の口実ができるように」

「やめてくれ！」

と、男があわてて言った。「冗談だ！　本気じゃなかった」

そこへ、

「支配人。——こちらですか」

と、久本が顔を出した。「——幸世！」

「早く娘さんを連れてって。こいつら、娘さんをオモチャにするつもりだったのよ」

「幸世！」

久本が駆け寄って、娘の体を抱き起こした。

そのとき、青田がパッと飛び出して逃げようとした。

しかし、真弓もプロである。そうアッサリ逃げられやしない。

ガツッ、と音がして、拳銃の銃把《じゅうは》で頭を殴られ、青田が引っくり返る。

客だった男も、それを見て駆け出そうとした。

廊下へ飛び出したが――。

「ワッ！」

と一声、ふっとばされるようにして、戻って来た。

「――やっぱりか」

と、淳一が顔を出す。

「殴っていいわよ、あなた」

「分ってる」

淳一の拳《こぶし》が男の顎に小気味良い音をたてた。男はむろんノックアウトされてしまう。

「――久本さん」

と、真弓は言った。「伊東を殺したのは、あなたね」

「はい……」

久本は、幸世に服を着せながら、肯いた。「伊東は——この子に手紙のつかいをやらせたとき、目をつけたんです。で、この子の学校帰りに、公園へ連れ込んでいたずらを……。しかも、この店に平然とやって来たんですよ。——私は許せなかった!」

「分るよ。当然だ」

と、淳一は肯いた。「しかし、その一方、青田はこれで一稼ぎできると思い付いた」

「ひどい奴ね」

と、真弓は顔をしかめて、「踏み潰《つぶ》してやりたいわ!」

「それほどの価値もないさ」

と、淳一は言った。

「お手数かけて」

と、久本は、娘をソファへ寝かせると、「もし野田さんに疑いがかかるようなら、名のって出るつもりでした」

「大丈夫、事情が事情よ。大した罪にはならない」

と、真弓は言って、久本の肩を叩いた。「それまで、必要ならこの子の面倒は——」

と言いかけて、少し考え、

「道田君にみてもらうわ」

淳一は、道田がここにいなくて良かった、と思ったのだった……。


「あの、真弓さんは……」

と、道田は玄関でおずおずと言った。

「何だ、上ればいいじゃないか」

と、淳一は言った。「真弓の奴は今風呂《ふろ》だよ」

「そ、そうですか」

と、道田の方が照れている。

「さ、上れよ」

「はあ……。でも——こんな格好なので」

少し暗い所に立っていた道田が玄関へ入って来る。——淳一は目を丸くした。

「その黄色いスーツは、新しい警視庁の制服かい？」

「いえ——。あのホストクラブがつぶれて、ホストたちが別の店に移ったんですけど、一人、僕のことを見込んじゃったのがいまして、しつこいんです。とうとうこんなもの着せられて……」

「――あら、道田君」

真弓がバスローブ姿で現われる。「何よ、その格好？」

「はあ……」

「あの子、元気？」

「ええ。何せよく働く子で。何でもしてくれます」

「じゃ、お嫁さんにしたら？」

道田が目を丸くした。

「――で、何か用だったの？」

「青田の自供で、クラブの金庫にロレックスだのロンジンだの、高級腕時計が沢山しまい込んである、ってことでしたが、何もないんです。――どうしましょう？　青田の話じゃ二億円相当とか。盗まれたんですかね？」

真弓はチラッと淳一の方を見て、

「あのね、あんな悪い奴、でたらめを並べたててるだけよ。分るでしょう」

「はあ、でも——」

「私たちにはね、そんなことよりもやらなくちゃいけない仕事が沢山あるの。そうじゃない？」

「いや、全くその通りです！」

道田はピンと背筋を伸して、「では、仕事に行って参ります！」

「ご苦労さん」

真弓が手を振ると、道田は入場行進の如く、足音たてながら夜の道を歩いて行った。

「——おい、可哀そうだぜ、こんな時間に」

「構わないの。若い内はね、仕事こそ人生！」

真弓はしっかり玄関をロックして、「さ、私たちはのんびりと休みましょ」

と、夫に向ってウインクして見せたのだった……。

会うは別れの終りなり

1

「おい」

と、今野淳一は言った。「落ちつけよ」

妻の真弓は、ちょうどベッドへ入ろうとしているところだったが、

「——何も言ってないわよ、私」

と、面食らって言った。

おなじみの読者なら、これがいつもと逆の対話であるとお思いだろう。

いきなり何か突拍子もないことを言い出すのは妻の真弓の方で、淳一がそれを聞い

て目を丸くする、というのがいつものパターンである。

しかし、今夜ばかりは間違いなく、淳一の方が先に口を開いたのだった。

「私がこれ以上どうやって落ちつくの？　こんなに冷静沈着な人間はどこにもいないって言われてるのよ」

と、真弓は言った。

「誰《だれ》がそんなこと言ったんだ？」

「課長よ」

淳一は、「皮肉」というものの通じない部下を持つ上司の哀《かな》しさに思いをはせたのだった……。

「ともかく、これは俺たちのことじゃないんだ。それを先に言っとかないと、射殺されかねないからな」

「失礼ね。射殺なんて、たまにしかしないわ」

真弓は警視庁捜査一課の刑事だから、これはジョークでも何でもない。

「よし、ともかく落ちついて聞いてくれ。――離婚の話なんだ」

淳一の言葉を聞いたとたん、真弓はサッと頰《ほお》を紅潮させて、

「あなた！　好きな女ができたのね！」

と喚《わめ》いた。「連れてらっしゃい！　二人重ねて串刺《くしざ》しにしてやるから！」

「だから言ったろ。俺たちのことじゃない、って」

「射殺するとは言ってないわ。串刺しにするだけよ」

「大して違わないだろ。ともかく、よその夫婦の話なんだ」

「どうしてそれを早く言わないの？」

淳一も、真弓に反論するのはエネルギーのむだである、とよく分っていた。

淳一は刑事ではないが、やはりエネルギーのむだ使いは避けたいところだった。

泥棒も、結構エネルギーを要する商売なのである。

「ああ、びっくりして損しちゃった」

と、真弓は伸びをして、「ほら、こんなにまだドキドキしてるわ」

と、淳一の手をつかんで、自分の胸のふくらみに当てる。

「ね、分るでしょ？」

「まあな……」

「このままじゃ寝られないわ。何とか責任を取ってよ」

と、真弓は夫へにじり寄った。

淳一は、結局別のことでエネルギーを使うはめになったのである……。

事の起りは——とさかのぼっていくと、結局は高田浩安《たかだひろやす》と邦子《くにこ》の二人が結婚したことに始まる。

それはそうだ。結婚していなければ離婚もできないのだから。

結婚したとき、高田浩安は二十八歳。邦子は二十五歳。——まあ、さほど珍しくもない取り合せである。

そして、六年間、とりあえず二人の夫婦生活は続いたのだったが……。

今、高田浩安は三十四歳。妻邦子は三十一歳。——この二人が、つい十日ほど前、夜のマンション（まだ大分ローンが残っている）で、こんな話を交わしたのである。

「——別れようか」

と、高田浩安が言った。

邦子は、女性週刊誌でちょうどスター同士の離婚の記事を読んでいるところだったが——。

「何て言ったの、今?」

たっぷり三十秒はたっていた。

「別れようか、って言ったのさ」

高田は、あっさりした口調で言った。

「別れよう、って……。それ、離婚してくれってこと?」

「まあ……そんなとこだ」

邦子はバタッと週刊誌を閉じた。

「あなた……」

「白状する。好きな女の子がいるんだ」

と、高田は早口で言った。「会社の子で、今二十四。十歳も下だが、とても家庭的でやさしい子だ。いや、君が家庭的でなくて、やさしくないと言ってるんじゃないぞ。君も家庭的でやさしい」

「じゃ、ちっともその子と違わないじゃないの」

「うん……。しかし違うんだ」

そりゃそうだろう。「悪いのは僕の方だ。何もかも君に渡してもいい。——な、邦子、承知してくれないか」

高田は、三十四歳だが、今も何ら肩書のない平社員。見た目もそれにふさわしく（？）パッとしない。

もう髪は薄くなっているし、三十を過ぎて七キロも太り、しかもその分はお腹についている。顔立ちも二枚目というより三枚目の方がまだ近い。

「その子……。あなたと結婚する気でいるの？」

と、邦子は訊《き》いた。

「うん……。そう言ってくれている」

「物好きね！」

邦子の言い方は皮肉でなく、本当の本音である。

「邦子。――すまん。僕の努力が足りなかった。君も、誰かもっとましな男を見付けてやり直したらどうだ」

「そうね。じゃそうするわ」

あんまりアッサリ言われても困ってしまうものだ。

高田は、面食らって、

「今——何て言った？」

「そうするわ、って言ったの」

「つまり……別れてもいい、ってことなのか？」

「ええ」

「どうして？」

高田も、そう訊きながら変な問いだと思っていた。しかし、自然に口をついて出ていたのである。

「どうして、って訊かれても……」

と、邦子は戸惑って、「別れてもいいかな、って思ったのよ」

「そうか」

「そうよ」

——何だか妙なやりとりである。

「拍子抜けした」

と、高田は正直に言った。

「私がもっと抵抗すると思った？　泣きわめいたりして」

「いや……。君はさっとそんなことはしないと思った。ただ——怒るだろうな、と思って」

「怒ってもしょうがないでしょ。あなたにその子と別れる気がないのなら」

「うん……」

「じゃ、気持よく別れましょ」

「そうだね」

「全部私にくれるなんて、だめよ。その子が可哀《かわい》そうじゃないの。半々ってことにしましょうよ」

「半々……でいいのか?」

「うん。それに、分けるものも大してないじゃないの」

「まあな」

と、高田は肯《うなず》いた。「しかし——」

「長い間、お世話になって」

と、邦子が言うと、高田はあわてて座り直し、

「いや、こっちこそ。至らぬ亭主で」

「私こそ、色々手抜きの妻で」

とやり合って、二人は顔を見合せ、一緒に笑い出してしまった。

「いや、ホッとした！　どう言うか考えてて、何日も眠れなかったんだ」

「ご苦労様。――ね、ワインでも飲まない？」

「いいね。よく眠れるかもしれない」

邦子がワインとグラスを持ってくる。

二人はワインを注いだグラスを手にして、

「乾杯。――でも、何に？」

「二人の未来に、ってのはどう？」

「いいね」

チーン、とグラスが鳴った。

「――それで？」

と、真弓は訊いた。「ワインに毒でも入ってたの？」

「そうじゃない」

と、淳一は首を振った。

二人はベッドでの「運動」を終え、居間で一休みしていた。

「どうしてあなたが、そんな普通の夫婦の別れ話なんか知ってるわけ？」

「それなんだ」

と、淳一はため息をついた。「頼まれた。その女房の方にな」

「何を？」

「亭主の命を守ってやってくれないか、って」

「ボディガード？」

「俺の仕事とは違う。腕のいいのを紹介してやると言って来たんだが……」

淳一は気がかりな様子。

「どうして旦那《だんな》の方が狙《ねら》われるの？」

「その邦子ってのは、父親が有名な泥棒だったんだ」

「へえ！」

「俺も、邦子を昔から知ってる。父親はもう死んだが、邦子は至って明るい、気のいい子だった」

と、淳一は肯いて言った。「亭主に恋人ができたと知って、カラッと別れようとするのも、邦子なら分る。そういう奴《やつ》なんだ」

「じゃ、旦那が殺されるっていうのは？」

「車にひかれそうになったり、高い所から突き落とされそうになったり、ここ数日の間で何度も危い目に遭ってるらしい。どう考えても偶然じゃない、と言うんだ」

「へえ……。でも、誰がそんなことを？」

「さあな。――刑事をつけるってわけにもいかないし、俺も四六時中、そいつを見張ってるわけにゃいかない。先に犯人を見付けるのが能率的かもしれないな」

「そりゃそうよ。じゃ、逮捕しに行く？」

「誰を？」

「犯人よ」

「知らないんだぞ、まだ」

「あ、そう。何だ。もう分ってるのかと思った」

気が早いのも、ここまでくると大したものである。

「それに、大体事件も起っていないのに――」

と、淳一が言いかけたとき、チャイムが鳴った。

「──道田君かな、こんな時間に」

「非常識ね。夜中に人を起すなんて。叱《しか》ってやるわ」

「事件なのかもしれないぜ」

「それなら、電話してくるでしょ」

「俺が出よう」

淳一が玄関へ行く。

「──高田と申します。開けて下さい！」

男の声だ。かなり焦《あせ》っている。

「おい、真弓！」

と呼んでおいてドアを開けると、

「今野さんですね！」

と、男が息を切らしている。「高田です。妻の邦子が──」

「ええ、よく知ってますよ。どうしたんです？」

「邦子が──そこで撃たれたんです！」

淳一は、高田の手に血がついているのに気付いた。

「真弓！　救急車だ！」

と叫んで、淳一は外へ飛び出して行ったのである……。

2

「高田さん」

と、今井百合《いまいゆり》は声をかけた。

声をかけるまでに、しばらくためらってしまった。――何も私が悪いことをしたわけでもないのに。

「やあ、来てくれたのか」

高田は、笑顔を見せた。

「奥さん……どう？」

と、百合は言った。

「うん。危い状態は何とか脱した」

「そう！」

百合はホッと息をついた。「良かったわ」

病院の廊下の隅にあるソファ。休憩所のようなその一画に、二人は座った。

夜、そろそろ八時になろうとしていた。

「仕事の方は？」

と、高田が気を取り直した様子で言った。

「大丈夫。私でできることは、処理しておいたから」

今井百合は、指先を高田の頬にすべらせて、「ざらざらよ。ひげをちゃんと剃《そ》って」

「うん。——忘れてた」

と、息をついて、「心配かけたね」

「いいえ。でも——一体誰が？」

と、百合が言うと、背後で、

「問題は、誰が狙われたのか、です」

と声がした。

「今野真弓さんだ。刑事さんだよ」

と、高田が言った。「これが——今井君です」

「今井百合さんね」

と、真弓は言った。「高田さんと結婚することになっている」

「そうです。でも——こんなことがあって……」

「君のこととは別だ」

と、高田が言った。「君を離しはしないよ」

「嬉《うれ》しいわ」

今井百合は、高田の手を握った。「でも、刑事さん、今のはどういう意味ですか」

「狙われたのが、高田浩安さんか邦子さんか、どっちとも考えられる、ということです」

「まさか！——あなたが狙われた？」

と、百合は唖然《あぜん》としている。

「実は……話してなかったが、このところ何度か危い目に遭ってるんだ」

と、高田は言った。「今野さんのお宅へ伺って、相談しようとしたとき、突然車を狙撃《そげき》された」

「誤って弾丸が邦子さんに当ったとも考えられるわ」

と、真弓は言った。「邦子さんを狙う理由は考えられないわ。離婚もすぐに承知しているし」

「待って下さい。それじゃまるで私が――」

「百合。落ちつけ。こちらは仕事なんだ」

と、高田はなだめて、「邦子を殺そうとする人間なんて、とても考えられません」

「でも、それを言えばあなたもよ」

と、百合が言った。「あなたを誰が狙うの？」

「そうだなあ……。確かにね」

高田は肯いて、「見当もつかない」

「でも、撃たれたことは現実ですからね」

と、真弓は言って、「あなた方のことに反対している人間とか、このために振った相手とか、いませんか」

と訊いた。

「振るなんて……。そんなこと、したこともありません」

と、高田は言った。

確かに、一見したところ、高田は女にもてそうもない。しかし真弓も、女にもてる男、必ずしも二枚目でないことをよく知っている。

現に、高田も十歳年下の今井百合に惚《ほ》れられているのだ。

「私は……」

と、百合がためらう。

「誰か付合っていた男性が？」

「ええ……。でも、いくら何でもこの人を狙うなんてこと――」

「教えて。その男の名前は？」

百合はしばらくためらってから、

「江口亮二《えぐちりょうじ》といいます」

と言った。

「何をしてる人？」

「それが……。付合い始めたころは真面目《まじめ》な勤め人だったんですけど、会社をクビになって、その内――ヤクザに」

真弓の目が輝いた。

「銃を持っててもおかしくないわね」

「でも……」

「会社をクビになったわけは？」

「あの――ギャンブルです。賭《か》けごとの好きな人で」

「分ったわ。ともかく当ってみましょう」

と、真弓は言った。

足音がして、道田刑事がやって来た。

真弓の忠実な（いささか忠実すぎるくらいの）部下である。

「真弓さん！」

「道田君。どうした、弾丸は？」

「見付けました。貫通していて良かったですね。体内に残ってたら、危かったようです」

「じゃ、拳銃《けんじゅう》を割り出して。――高田さん。充分用心して下さいよ。犯人がまたあなたを狙うかもしれないんですから」

今井百合が、高田の手をしっかりと握りしめた。

一人暮しの部屋へ帰るのは侘《わび》しいものである。

冷たい部屋。冷たい布団。――寝つくのにも時間がかかる。つい、一杯飲んでから帰った方が、という気にもなろうというものである。

その老人は、やっとの思いで自分の部屋の前へ辿《たど》りつくと、ポケットを探って、鍵《かぎ》を取り出した。安アパートで、廊下の電球がもう何週間も切れたままだ。

何とか鍵穴を見付けて、差し込んだが――。鍵がかかってない！

忘れたのかな？　首をかしげつつ、老人はドアを開けた。

「もうぼけて来たかな」

と呟《つぶや》くと、

「まだ早いだろうぜ」

と、声がしてパッと明りが点《つ》いた。

「誰だ？」

「久しぶりだな、倉《くら》さん」

老人は、部屋の中に立っている男を、呆気《あっけ》に取られて見つめた。

「おい！——淳一か！」

「ああ」

「何てこった！　おい、よく顔を見せろ」

と、老人は上り込んで、目をパチクリさせた。

「——間違いねえや。淳一だ！」

「懐しいな」

淳一は、老人の肩を叩《たた》いた。「元気そうじゃないか」

「お世辞は泥棒に似合わないぜ」

と、老人は笑った。「——ま、座れ。何か飲むか」

「いや、結構」

と、淳一は首を振った。「達者でいるようだな」

「何とか生きてる、ってとこさ」

倉本定吉《くらもとさだきち》は、ドカッとあぐらをかいた。「何か用事かい？　もう俺の腕は貸せないぜ。すっかりなまっちまったからな」

「そんなことじゃないよ」

と、淳一は微笑《ほほえ》んだ。

「そうだろう。お前は人の手なんか借りる必要はない。よく新聞で見て、こいつはお前の仕事だな、と思うことがあるぜ。いい腕になったもんだ」

「うん……」

淳一は、少し重苦しい表情になって、「実は——邦子さんのことだ」

倉本の顔が微妙に歪《ゆが》んだ。

「——邦子がどうした？　あいつは高田とかって奴と一緒になったろう」

「うん。もう六年たつ。今度別れようってことになったんだが……」

「別れる？——そうか」

と、倉本は心配そうに、「まさか俺のことが——」

「いや、大丈夫。邦子さんは、あんたが死んだと信じてる」

「そうか。それならいいが」

「ところが良くないんだ。邦子さんが撃たれた」

倉本の顔がサッと青ざめた。淳一が続けて、

「命には別状ない。しかし重傷だ」

と言うと、倉本は軽く目を閉じて、息を吐き出した。

「――一体誰がやったんだ！」

「分らん。しかし、亭主は普通のサラリーマンだし、銃で撃たれるというのは妙だ。そうなると、もしかして邦子さんを狙う人間がいたのかもしれない、という気がしてね」

倉本は、しばらく考え込んでいた。

「――淳一。俺も、もちろん邦子の所へ飛んで行きたい。しかし、そうはできん。何といっても、あいつはまだ俺のことを見分けられるだろうからな」

「ああ、分ってる」

「邦子を守ってやってくれないか。――ま、今の亭主とはうまく行かないとしても、他にいい男はいくらもいる」

「ああ、ちゃんと守るさ。心配するな」

と、淳一は倉本の肩を軽く叩いた。「で、犯人の心当りはないかい？」

「うむ……」

倉本はまた考え込んでしまう。

「誰だい？　もしかしたら、と思ってるんだろう」

「しかし……もう何年も前のことだ」

と、倉本は言った。「それに、あいつはもう足を洗ってるしな」

「足を洗って？――もしかして、あんたの言うのは……」


「――あなた」

と、ルミは言った。「あなた。――どうかした？」

「いや、何でもない」

名取勇一《なとりゆういち》は首を振って、「少しくたびれただけさ」

「気を付けてね」

ルミは、夫の上着とネクタイを腕にかけると、「何か食べる？」

「ああ。軽く食べよう。君も一緒にだ」

「ええ！」

もう、夜も大分遅い。――正直なところ、名取は夕食をちゃんと外で取っているので、何も食べなくても良かった。しかし、一緒に食べるとルミが喜ぶのだ。

三十六歳の名取としては、二十五歳の若い妻の喜ぶ顔が見たい。少々の無理は当然の努力である。

「――忙しいんでしょ？　でも、体をこわさないでね」

と、自分もお茶漬など食べながらルミが言った。

「出遅れたサラリーマンだ。人の倍は仕事をしなくちゃ、追いつけない」

「追いつかなくたっていいわ。私のそばにいてくれれば」

ルミの本音である。――可愛《かわい》い奴だ、と名取は思った。

「TVを点けてくれ。ニュースを見ておきたい」

「はい」

ルミがリモコンを手にして、TVを点ける。

仕事上、必要な情報を仕入れるためにも、ニュースは見ておく必要があった。

「――楽しいニュースって、ないわね」

と、ルミが言った。

「仕方ないさ。事故や人殺しがどうしたって大きなニュースになる」

と、名取は言って……。

「見て。どこかの奥さんが撃たれたって。――いやね。きっと、ヤクザの争いの巻き添えね。用心しなくちゃ」

と、ルミは顔をしかめて言ってから、「――あなた。どうしたの？」

と、びっくりして訊いた。

夫が真青になっていたからである。

「――いや、何でもない」

と、名取は首を振った。

「でも……。誰か知ってる人だったの？」

「ああ、いや――。よく似てたんで、びっくりしたんだ」

と、早口で言って、「ごちそうさん。風呂《ふろ》へ入るよ」

「沸いてるわ。着がえ、出しとくから」

「頼むよ」

名取は立ち上って、バスルームの方へと歩いて行った。

「おかしいわ……」

と、ルミは呟いた。

あの夫の驚きようは、普通じゃなかった。ただ「他人の空似」であんなにびっくりするだろうか？

ルミは、ＴＶを見た。もちろん、もうニュースは終って、呑気《のんき》なＣＦが映し出されていた。

――あの女の人。夫はきっとあの人を知っていたのだ。

それをルミに言わなかった、ということは、夫の好きだった人なのだろうか。

ルミは、夫の過去をほとんど何も知らない。知る必要もなかった。

ルミにとっては、十歳以上も年齢の離れた名取が自分を愛してくれて、自分も彼を愛していると分っていれば、充分だったのである。

そして結婚し、ルミは充分に幸せだ。

でも――時として、夫が今のような「勤め人」になる前は何をしていたのかと気になることが、ないではない。

あのニュース……。明日、新聞にのるだろうから、しっかり読んでおこう、とルミは思った。

そして、夫と自分の夜食の片付けを始めたのだった。

3

邦子は、人の気配でフッと目を開けた。

けがをして入院し、痛み止めで眠気もさしていながら、人の気配を感じられるというのは、やはり父の血筋かしら、などと考えて……。

「どなた？」

と、ゆっくり頭《こうべ》をめぐらす。

花束を持った男が、ベッドのわきに立っていた。花に隠れて、顔が見えない。

「どなたですか？」

「——僕だ」

と、その男が花をゆっくりと下ろした。

「まあ！　名取さん？」

邦子は目を丸くした。

「久しぶりだ」

と、名取は椅子《いす》を引いて来て、「いいかね？」

「ええ」

と、邦子は肯いた。「——見違えたわ」

「平凡なサラリーマンさ」

背広にネクタイの名取は、少し照れたように言った。

「いいえ、とても立派よ」

「ニュースで君の写真を見てびっくりしてね——。傷は？」

「弾丸が抜けたから、大したことなくてすんだわ」

「しかし……。気丈だな。昔の君、そのままだ」

と、名取が微笑む。

「心配かけて……。きっとヤクザの出入りか何かで、間違えられたのよ」

「そうかな」

少し間があって、

「——もし、そうでなくても、名取さんには関係ないことだわ」

と、邦子は言った。「ご家族は？」

「最近結婚した。――子供はいないが。十一も年下の子だよ」

「あら、あなたの方が上手《うわて》ね」

「何が？」

「主人は十歳年下の人と再婚する気よ。私と別れてからだけど」

名取の表情がくもった。

「そんなことが？――辛《つら》いね」

「平気。また誰か見付けるわ」

と笑って、「痛い……。だめね。笑えないなんて、この方がよっぽど辛い」

「君らしいな」

と、名取は笑った。「ともかく、顔を見て安心した。――仕事の途中でね。また来るよ」

「いいわよ。奥さんの所へ早く帰ってあげなさい」

「うん。それはもちろん――」

と言いかけて振り向く。

看護婦が入って来た。

「じゃ、早く良くなってくれ」

と、立ち上る。

「ありがとう、お見舞」

と、邦子は小さく手を振った。

「それじゃ」

と、名取は病室を出ようとした。

邦子が、

「いつもの看護婦さんと違うのね」

と言うのが聞こえた。

名取はドアを開けておいて、振り返った。

「危い！」

誰かがそう叫んで、飛び込んで来た。

看護婦の手から注射器が飛び、

「畜生！」

と、その看護婦が口走った。

男だ！

「待て！」

と、名取が立ちはだかる。

「どけ！」

と叫んだのは、飛び込んで来た男だった。「危いぞ！」

名取は、看護婦の手にナイフが光っているのを見た。とっさに反射神経が働いて、

名取の体はわきへ飛んでいた。

タタッと、偽の看護婦は駆け出して行く。

名取は、息をついて起き上った。

「けがはないか」

と、近寄って来た男が、名取に手を貸して立たせた。

「淳一！」

「やあ」

と、淳一は言った。

「——邦子が狙われていることははっきりした」

と、淳一は言った。「夫の方を狙ったのは、たぶん人違いと思わせるための手だろう」

「しかし……どうして邦子を?」

名取は、首を振った。「あの子には何の関係もないじゃないか」

二人は、病院の庭を歩いていた。午後の日射しが柔らかい。

「俺が何とか犯人を見付けてみせるさ」

と、淳一は言った。「お前も、もう何の縁もない身だろ」

「ああ。——しかし、過去を捨てられるわけじゃない。俺でできることがあったら、言ってくれ」

淳一は首を振った。

「縁を切るなら、徹底して切れ。今は奥さんもいるんだろう。忘れることだ」

「邦子のことは、もう何とも思ってない。いい友だちではあるにしてもね。俺は女房を何より大切だと思ってる」

「それでいいんだ」

と、淳一は肯いた。「もう、見舞にも来るなよ」

言い方はやさしかった。

「分った」

と、名取は肯いて、「――淳一がついててくれりゃ、安心だよ」

二人は軽く握手をした。

名取が足早に歩いて行くと、

「あなた。――何かあったの？」

と、真弓が淳一を見付けてやって来る。

「道田君に言ってくれないか」

と、淳一は急いで言った。「今別れたあの男を尾行してくれ、と」

真弓も、淳一がこういう言い方をするときには、本当に急を要しているのだと分っている。トランシーバーですぐに指示を出す。

「――何があったの？」

「邦子がまた狙われた。注射器の中身を分析させてくれ。たぶん毒液だろう」

「じゃ、本命はやっぱり——」

「邦子を殺して、誰が得をするか……。こいつは、結構厄介な事件かもしれない」

と、淳一は独り言のように呟いたのだった……。

「——いい子がいるんですけどね」

聞き飽きたようなセリフでも、つい耳を傾けてしまうのは、やはりもてない証拠だろうか。

江口は、ちょっと馬鹿《ばか》にするように笑って見せたが、その後で、

「——本当にいい子なのか」

と訊いて、自分で苦笑いしていた。

「保証付きです。お気に召さなかったら、金はいりませんよ。後払いで結構です」

と、その男は言った。

「後払い？　本当か？」

よし、それなら、どんなにいい女でも、いただいといて、「つまらなかった」と言えばいいのだ。

タダでものにできるのなら、大した女でなくても儲《もう》けものってことだ。

江口は、かなりせこい計算をして、

「よし、買おう」

と肯いた。「どこだ？」

「こっちです」

いい加減酔っている江口には、自分がどこをどう歩いているものやら、分らなかった。

ただ――この辺は江口が兄貴分として顔のきく盛り場で、こんな所で自分に何かする奴はいない、という安心感があったのである。

しかし――どんな裏道もよく知っているつもりだったが、この道は何だ？

「どうぞ」

と、ドアが開き、江口は中へ入った。

「――おい、真暗だぜ」

と言って、いやに声が反響するのに気付いた。「おい！」

振り向くと、もうドアは閉じていて、いくら押しても開かない。

「野郎！　俺を誰だと思ってやがる！　なめるなよ！　こんなことして、後でどうなると思ってるんだ！」

すると——闇《やみ》の中から、

「後がどうなろうと、お前にゃ分りゃしないさ」

という声がした。

部屋の中だ！　江口は必死で見回したが、まるきりの闇で、何も見えない。

「どこだ！　誰なんだ！」

と、江口が叫ぶと同時に、鋭い銃声が響いて、赤い火が闇の中に光った。

「ワッ！」

キーンと音がして、弾丸が足下ではねた。

「やめろ！　おい、誰だ！」

全く別の方向から、次の弾丸が発射された。弾丸は江口の耳もとをかすめて、一瞬、耳鳴りがした。

江口は、全身から血の気がひいた。相手は俺のことをしっかり見ている。

「——江口」

と、男の声が言った。「しゃべってもらうぞ」

「しゃべる？——何のことだよ」

もう一発。江口は軽い衝撃を覚えた。

「おい……。何をしたんだ」

「上着のボタンをいただいた」

手をやってみて、それが事実だと知ると、江口は全身から汗がふき出すのを感じた。

何て奴だ！

「しゃべるか？」

「何の話だよ……。やめてくれ！」

「高田邦子をどうして狙うんだ」

と、男は言った。

「何だって？」

「今井百合をとられた腹いせか？　男らしくないぞ」

「百合が……どうしたってんだ」

「強がるな。声が動揺してる。お前一人でやってるわけじゃあるまい。誰に言われてやってる？」

江口は、ゴクリとツバをのみ込んだ。

スラスラと出まかせの言える頭はない。

銃が発射されて、江口の頬に焼けるような痛みが走った。

「いてっ！　おい、痛いよ……。死んじまったらどうするんだ……。やめてくれ。頼むよ」

江口は必死で身を縮めた。

「あんまり動くな。勘で撃ってるんだ。動くと弾丸が狙いから外れる」

「な、やめてくれ。俺は何も――」

「知らない、と言ったら左足を撃ち抜くぞ」

「おい――」

「知ってるんだ。そうだろ？」

「知ら――」

ない、と言いかけてあわてて口をつぐむ。

「どうなんだ？」

「俺は……。ただ言われて……。本当だ」

「誰に言われた?」

「それは……」

と口ごもる。

銃が火をふいて、江口の左足をかすった。呻《うめ》き声を上げて、江口がコンクリートの床に倒れる。

「やめてくれ!――頼む!」

「かすり傷だ。次は足のど真中だぞ」

「分った……。分ったよ」

と、江口は泣き出しそうになって、「あの……百合が結婚するって聞いて、相手の男を調べたんだ。そしたら……女房がいて、それが……」

「昔の泥棒の娘、か。それで?」

「その話を――兄貴にしたら……。その親父がえらいもんを持ってるはずだ、って……」

「えらいもん?」

「何でも——大きな企業の秘密で、ゆすりに使えば何億円にもなるって……。だから、そいつを手に入れて……」

「娘が殺されりゃ、親父が出てくるだろうってわけか？」

「俺がそう思ったんじゃないよ。ただ俺は……百合が一人でいい思いをするのがしゃくで——」

「馬鹿か、お前は？　その兄貴ってのは、誰だ？」

江口は少し迷ってから、

「木崎《きざき》の兄貴だよ」

と、言った。「勘弁してくれ。——殺す気はなかったんだ。ただちょっとけがさせるだけのつもりで……」

少し間があって、

「もういいだろう」

という声と共に、パッと明りが点いた。

「——道田君、江口を連行して」

と、真弓が言った。「私たちは、ちょうど今、ここへ来合せたのよ」

道田は、腰が抜けて立てなくなっている江口を引きずるようにして立たせ、手錠をかけて部屋から連れ出した。

「はい」

「――無茶は承知だけど」

と、真弓は言って、息をついた。「あなたにしては、無茶をやったわね」

淳一は、真弓に拳銃と赤外線スコープを返した。

「――いい腕だったろ?」

「あら、私だって赤外線スコープを使えば、あれぐらいのこと、やれるわよ」

「俺は使わなかった」

淳一はそう言って、「さ、木崎の兄貴ってのに会いに行こう」

と歩き出す。

真弓は啞然《あぜん》として、淳一の後ろ姿を見送っていた……。

4

「あなた……」

　と、ルミは言った。

「うん？——呼んだか？」

　名取は、フッと我に返った様子で、「話を聞いてなかったか。すまん。ついボーッとしてて」

「そんなこと、いいの。どうしたの？　疲れてるんじゃない？」

「そう……。いくらかくたびれてるかな」

　と、名取はルミの肩を抱いた。「しかし、心配することはないよ。大丈夫だ」

　ルミは、黙って夫の肩に頭をもたせかけた。

「——なあ、ルミ」

「え？」

「俺たちの子供がほしくないか？」

ルミはパッと目を見開いて、

「本気で言ってるの？」

「もちろんだ」

ルミの胸は弾んだ。――名取の方が、「生活の安定しない内は、待とう」と言っていたのである。

「私はもちろんほしいわよ！」

と、ルミは夫に抱きついて言った。

「そうか。よし！」

名取はヒョイとルミをかかえ上げた。ルミは笑って、

「ちょっと！　下ろしてよ！」

と手足をバタつかせる。

そのとき、玄関のチャイムが鳴った。

「――誰だろう？　こんな時間に」

「きっと、お隣の奥さんだわ」

と、ルミが髪を直しながら玄関へと出て行く。

名取は、新聞を広げた。——もちろん、もう高田邦子が撃たれた事件については、何も出ていない。

毎日毎日の、新しいニュースの中では、一人の主婦が撃たれたことなど、大して意味のないことなのかもしれない。

ルミが戻って来た。

「——誰だった？」

と、名取は訊いて、ルミが青ざめた顔をしているのに気付いた。「ルミ——」

男が入って来た。——一人ではない。三人だ。しかも、一人はルミの背中に拳銃を押し当てている。

「久しぶりだな」

と、少し年輩の男が冷ややかな笑みを浮かべて言った。

名取は、呆然《ぼうぜん》として、悪夢のようなその光景を見つめていた。

「——木崎！」

「憶《おぼ》えてくれたか」

と、黒っぽいダブルのスーツの男は、ゆっくりとソファに身を沈めた。「元気そうじゃねえか。可愛い奥さんもいる」

「ルミを離せ」

と、名取は言った。「掟《おきて》破りだぞ！　足を洗った人間に何をするんだ！」

「あなた……」

「ルミ。黙っててくれ。僕のことを信じていてくれ。頼む」

名取の言葉に、ルミは小さく肯いて、

「分ったわ」

と言った。

「掟なんかどうでもいい」

と、木崎は言った。「こっちは切羽詰ってるんだ。――おい、お前の昔の女が入院してるな」

名取は目を見開いて、

「お前たちか、やったのは？」

「どうでもいいさ、そんなことは。ともかくお前は邦子に近付ける。向うもお前なら警戒しねえさ。そうだろう？」

名取は、じっと木崎を見つめて、

「どうしろって言うんだ」

「俺が用のあるのは、邦子の親父だ。知ってるだろ？」

「――倉本さんのことだろ」

「ああ。あいつからもらいたいもんがあってな。邦子をかっさらって来い」

「何だと？　重傷を負ってるんだぞ。どうやって連れて来るんだ？」

「そんなこと知るもんか。お前なら何とか考えるだろ。何しろ、かつては知られた腕ききの殺し屋だ」

名取は、じっと木崎を見つめながら、妻の視線が自分に向けられているのを感じていた。

「――分った」

と、名取は肯いた。「言われた通りにする。その代り、女房に手を出すな。いいな」

「ああ、分ってるとも」

と、木崎は言った。「心配するな。お前がちゃんとやってくれりゃ、礼ぐらいはするぜ」

「そんなもの、いらんよ」

名取は、ルミの方へ歩み寄ると、「いいか、心配しないで、待ってろ」

「あなた……」

「今は何も訊くな。――すぐ帰る」

名取は、足早に居間を出たのだった……。

邦子は、また人の気配で目を開けた。

「――あら」

と笑って、「何だか、いつも目を開けるとあなたがいるみたいね」

「ああ……」

と、名取は口ごもって、「邦子……」

「どうしたの？」

少し間があって、邦子は、ゆっくりとベッドに起き上った。

「おい！　傷にさわるんじゃないか？」

「大丈夫……。何があったの？」

「あなた。顔を見れば分るわ。何かよほどのことね」

名取は、大きく息をついて、

「――すまん。君に迷惑をかけるつもりじゃなかったんだ」

と言った。「僕一人で何とかする」

「話して」

と、邦子は言った。

「実は――木崎が、女房を人質に取ってるんだ」

「木崎？――あの木崎？」

「うん。もうすっかり親分風を吹かしている。奴が、君のお父さんに用がある、と言って――」

「父に？　父は死んだのよ」

と、邦子は言ってから、すぐに察した。「そう……。生きているのね、父は」

「実はそうだ」

と、名取が肯く。「君のお父さんが何か金になるものを持ってる、ってことらしい。


「邦子――」

君を連れ出して、人質にして、倉本さんからそれを……」

「呆《あき》れた」

と、邦子は言った。「父がそんなことで応じると思ってるのかしら。——いいわ。ともかく行きましょう」

邦子がベッドから出ようとするのを見て、名取はびっくりした。

「おい！　無茶すると——」

「奥さんが人質になってるんでしょ！　そんなこと、言ってられないわよ」

「そんな……。邦子、もし君の身に何かあったら——」

「あなたはね、奥さんに対して責任があるのよ。さあ、支えて」

名取は、肩を落として、

「すまん」

と言った。

「さ、早く」

邦子は、名取に支えられるようにして、ゆっくり歩いて行った。軽いガウンをはおると、

「トイレにでも行くようなふりをして。当り前にしてれば大丈夫」

「君に言われちゃ、おしまいだな」

と、名取は苦笑した。

病室のドアを開けると、目の前に誰かが立っていた。

「あなたは……」

と、邦子が目を見開く。

「今井百合です」

と、じっと邦子を見つめて、「今、お話はうかがっていました」

「主人の再婚相手」

と、邦子が紹介した。「主人に、心配するなと伝えて下さい」

「いいえ」

「いいえ、って？」

「――行ってはいけません。傷口が開いたら、大変ですわ」

「私とこの名取さんはね、昔、こういう世界にいたんです。あなたが心配することは
――」

「いいえ。私が代りに行きます」

と、百合が言った。

「あなたが?」

「あなたを撃った江口は、私の恋人だった男ですもの」

邦子は目を丸くして、

「ややこしい話ね」

と呟いたのだった。「——でも、百合さん、あなたが行ってもだめよ。木崎も私のことを知ってると思うし。憶えてはいないかもしれないけど。でも、ともかくあなたに万一のことでもあったら、主人に一生恨まれてしまうわ。そんなのごめん」

「でも、邦子さん……」

二人が押し問答していると、

「涙ぐましいわね」

と、声がした。

「刑事さん!」

真弓が廊下に、いつの間にやら立っていたのである。

「もちろん、見張らせていただいてますからね」

と、真弓は腕組みして、「でも、みんな、命は惜しくないの？　もったいない！」

「でも、刑事さん、名取さんの奥さんは、こういう世界と係り合いのない人です」

と、邦子は言った。「彼女を守るのが第一ですわ」

「あなたも、その名取さんも、もう『何の係りもない人』でしょ」

と、真弓は言った。「いいわ。こうなったら――」

「どうします？」

「私が行くわ」

真弓の言葉に、誰もが唖然とした。

「――亭主のことを知らなかったのか」

と、木崎が笑う。「あいつはな、さんざん悪いことをやって来たんだ。今さら抜けようったって、むださ」

ルミは、じっと身を固くしていた。

「しかし、若いな。いくつだ？　二十四、五か？」

ルミは冷ややかに、

「経歴の調査ですか」

と言った。

「もったいねえ。――おい、こいつを裸にして、いただいちまうか」

「いいですね」

と、手下がニヤつく。「俺が一番のりだ」

「馬鹿！　俺がトップに決ってるだろうが！」

と、木崎が一喝した。

「も、もちろん、親分の次に、ってことですよ」

「よし。おい、押えてろ。声を上げたら、ぶっ殺すぞ」

と、木崎が立ち上った。

すると――ルミが、突然笑い出した。

木崎たちは呆気に取られている。

「気が狂ったのか？」

と、木崎が苦笑して、「少し早すぎるんじゃねえのか」

ルミが木崎を見つめて、

「なめないでほしいわね」

と言った。

別人のような、平然とした口調だ。

「何だと？」

「当り前の人妻だと思ってんの？　こう見えてもね、十代のころにゃ暴走族のリーダーだったんだ。ナイフのケンカぐらい何度もやったよ。男を相手にするのなんか、怖かないよ。一度に十人だって相手したことがあるんだ」

と、まくし立てるように、「役に立たなくなる心配でもするんだね」

木崎は目を丸くしている。

「ふん。——何だ、ネコかぶってやがったのか」

「私がネコなら、あんたたちは野良犬だね」

「何だと？」

「人の残飯をあさりに来りゃ、立派な野良だよ」

「言いやがったな！」

木崎が平手でルミの頬を打とうとした。が、ルミはパッと顔をわきへ向け、飛んで来た平手の指にいきなりかみついたのである。

「ワーッ！」

と、木崎が悲鳴を上げる。「離せ！　痛い！　おい、この女をぶっ殺せ！」

わめいたとたん――パッと明りが消えた。

「何だ！　誰だ消したのは！」

と、木崎が怒鳴った。「早く明りを点けろ！　何してる！」

何か――ドタバタ、と音がして、やっと明りが点いた。

「やれやれ……。畜生！」

かまれた指から血が出ている。「おい、誰か傷を縛ってくれ」

木崎はそう言って……。手下たちがみんな倒れているのに気付いた。

ルミの姿もない。

「おい……。どうしたっていうんだ？」

木崎がポカンとしていると、また明りが消えて、真暗になる。「――おい！　ふざけるのはよせ！」

木崎は拳銃を取り出した。「撃つぞ！——畜生！　誰だ！」

脅しのつもりで、引金を引く。

「ウッ！」

と声がして、パッと明りが点く。

「おい……」

手下の一人が、足をかかえて呻いている。

「俺が……撃ったのか？」

と、木崎は呟くように言った。

ヒュッと音がして、木崎の右手から、拳銃が弾け飛んだ。

「——いい腕だ」

と、淳一が居間の入口に立って、言った。

「でしょ？」

ルミがニッコリ笑う。——ルミの手には、延長用の電源コードがあった。その先を輪にして、木崎の拳銃がみごとにはまっている。

「昔からね、投げ縄が得意だったのよ」

「この野郎！」

木崎はめちゃくちゃに殴りかかって――ルミに足を払われ、前のめりに倒れ、したたか顔を打ってしまった。

「いてて……」

と呻いていると、淳一に引張り起こされ、パンチを一発食らって、バシッという鮮やかな音と共にのびてしまった。

「おみごと」

と、ルミが言った。

「いやいや」

淳一は苦笑して、「名取が知ったらびっくりするだろうぜ」

「黙ってて。――お願い。ね？」

ルミは両手を合せた。

「――ちょっと！　誰かいないの！」

勇ましい声と共に真弓が玄関から入って来た。「人質よ！　お待ちどおさま」

「やあ」

「あら、あなた。——何よ、これ？」

と、みんなのびている居間の中を見回し、「もうすんだの？」

「ああ、救急車を呼べ。一人撃たれて、けがしてる」

「何だ。あなた一人で片付けたの？」

淳一はチラッとルミの方を見て、

「ああ、弱い奴ばかりだったからな」

と言った。

「ルミ！」

名取が駆け込んで来た。「大丈夫か！」

ルミは夫の腕の中へ飛び込んで、「怖かったわ！」

「あなた！」

「もう大丈夫だ。——安心しろ。もう、大丈夫だからな」

淳一は、ルミがそっと自分の方へウインクして見せるのに気付いてゾッとした。真弓に見られたら、どうなるか……。

しかし、幸い真弓は電話をかけていて、淳一はホッと胸をなでおろしたのだった。

倉本定吉は、玄関のドアを開けて、

「――また、鍵をかけ忘れたか……」

と、呟いた。「完全にボケたな」

「お帰り」

「ああ、ただいま」

と言って――倉本は仰天した。「邦子じゃねえか！」

「あの世はどうだった？」

と、邦子は言って、「この子供不孝者！」

「淳一の奴がしゃべったのか」

「そうじゃないわよ」

と、邦子は言った。

「お前……けがは？」

「もう治ったわ」

と、邦子は言った。

「そうか。――ま、さすがは俺の娘だ。生命力に溢《あふ》れてるな」

「それより、お父さん」

と、邦子は言った。「どこかの会社をゆすれるものを持ってるんだって？　そんなものがあったら、また狙われるよ」

「ああ……。大分、迷惑かけたらしいな」

と、倉本は頭をかいて、「確かに、裏帳簿を持ってる。ゆすりに使えば使えただろうな」

「そんなもの、どうして取っとくの？」

「うん？――ま、もう役に立たねえしな」

「役に立たない？」

「お前、離婚するのか」

「うん……。その内、次を見付けるよ。それまでうちへおいで」

倉本が目をパチクリさせて、

「いいのか？」

「良くなきゃ、誘わない」

「そうか」

と、倉本の笑顔は明るい。

「でも、どうしてその裏帳簿、役に立たないの？」

「うん？――ああ。だってな、その会社、とっくに潰《つぶ》れちまったんだ」

倉本は肩をすくめて、「何かに使うか？　空いたページはいいメモ用紙になるぞ」

と、大真面目に言ってやったのだった……。

下手な鉄砲、休むに似たり

1

「ねえ、あなた」

と、今野真弓が言った。

「何だ?」

今野淳一は、ソファで英語の新聞を読んでいた。

「あのね、お隣に新婚のご夫婦が越して来たのよ」

「そうか」

「ねえ」

「何だ？」

「思い出すでしょ。私たちの新婚のころ」

「そう……だな」

「あのころの情熱はどこへ行ったのかしら？　毎晩のように力強く抱きしめてくれた、あなたの逞《たくま》しい腕……。今は遠い昔なのね」

「大げさだな」

「私、何でも大げさなの。知ってるでしょ」

と、真弓は正直に言った。

「ああ。しかし、俺たちの愛だけは、どんなに大げさに言っても言い足りないぜ」

「あなた！――嬉《うれ》しいわ」

というわけで……。

ま、結局、この夜中、今野淳一と真弓の夫婦は、ベッドで新婚当時のことを思い出すこととなった。

たまには（？）こういうやや強引な触れ合いも、この二人には必要かもしれない。

何といっても、淳一は泥棒、真弓は刑事――それも捜査一課の有能な（と少なくとも自称している）刑事なのだから。

立場は別々でも、「夜の商売」という点は共通していた。おかげで、この二人は至って仲がいい。

今夜も、二階の寝室で、淳一と真弓は固く抱き合ったのだが……。

「あなた……」

と、真弓は甘くささやいた。「このままベッドへ運んで」

「よし」

淳一の引き締った筋肉質の腕が、軽々と真弓を抱き上げ、ベッドへと運んだ。

二人が唇を触れ合せた瞬間だった。

ビシッと音がして、枕《まくら》もとのスタンドが砕ける。

「どうしたの？　安物ね」

「そうじゃない！」

淳一は真弓をかかえて床へと伏せた。

「何よ、突然？」

「狙撃されてる」

と、淳一は言った。

「そげき？――どんな字書くんだっけ？」

「国語のテストをやってるんじゃないぞ。おい、拳銃《けんじゅう》はバッグの中か」

「うん。たぶんそうだわ」

「ちゃんと管理しとけよ」

と淳一が言ったとき、天井から下った照明がバンと音をたてて砕け、ガラスの破片が降ってくる。

「キャッ！」

と、真弓が頭を抱えた。「何よ！　悪いこともしてないのに、何でこんな目にあうの？」

「向うが悪いことをしてるのさ」

淳一は、頭を低くして、「ここでじっとしてろ」

と、真弓のバッグを取りに駆けて行く。

「気を付けて、あなた！」

と、真弓は言って、「――そうか。私、刑事なんだわ。本当なら私が犯人を逮捕しに行かなきゃいけないんだ」

と、独り言を言った。

「でも、まあいいか。——これも亭主の役目よね」

呑気《のんき》に構えている。

淳一の方は、素早く外へ出て行った様子。真弓も、淳一がめったなことでやられたりしないと分っているから、おっとりしていられるのである。

すると——玄関のチャイムが鳴った。

「まあ。——犯人かしら。図々《ずうずう》しい！」

まさか、狙撃して来た犯人がわざわざチャイムを鳴らしたりしないだろう。

真弓は頭を低くして寝室を出た。

すると表で、

「真弓さん！　道田です！」

と、辺りに響きわたるような人声。

真弓の部下の道田刑事である。

「道田君！」

真弓は急いで玄関へと飛んで行った。

「――突然すみません」

と、道田刑事は何やら大きな紙袋をさげて立っている。「もうおやすみでしたか？」

「ね、早く捕まえて！」

「は？」

「うちの人が出てったの！」

「ご主人を――捕まえるんですか？」

「何言ってるの！　狙撃の犯人に決ってるでしょ！」

何も説明していないのだから、道田だって叱《しか》られても何のことやら分らない。

「そげき？　『そげき』って――何かお芝居ですか。喜劇とか悲劇とか」

「道田君！　あなた国語の点はいくつだったの？」

「国語はいつも〈5〉でしたよ」

と、道田は胸を張って、「10点満点ですが」

「それじゃ落第点ぎりぎりじゃないの」

「でも、他の科目より良かったんです」

「変なこと自慢しないでよ」

どっちもどっちである。

そのとき、夜のしじまを破って、バアン、と銃声が聞こえた。

「――真弓さん、今のは銃声じゃないですか?」

「違うわよ! あれは銃声よ」

と、トンチンカンなやりとりがあって、「狙《ねら》われたの! うちの人が私の拳銃を持ってってたわ」

「そりゃ大変だ! 今のはもしかして――」

「ああ、うちの人がやられてたらどうしよう! 道田君、早く見て来て」

「はい!」

と、道田は駆け出そうとして、「あ、この紙袋、持っててください」

「何なの?」

「トウモロコシです。親戚がドサッと送って来たんですけど、僕一人じゃとても食べ切れないので、持って来たんです」

「こんな夜中にトウモロコシを届けに来たの? 変ってるわね」

自分のことは棚に上げているのである。

そこへ――ブラッと淳一が戻って来た。

「やあ、道田君じゃないか」

「あなた！　無事だったの？」

と、真弓が駆け寄って抱きつく。

「おい。道田君の前だぜ」

「構わないわ。いてもいなくても同じよ」

ひどいことを言っている。

「一発だけ撃った」

と、真弓に拳銃を返し、「犯人は逃げてったよ」

「まあ！　道田君、寝室の壁に銃弾がめり込んでると思うわ。鑑識の人たちを呼んで」

「はい、すぐに」

「これは警視庁捜査一課への――いいえ、日本の警察全体への、大胆な挑戦だわ！」

真弓は選挙演説でもしてるみたいに拳《こぶし》を振り回して言った。

「――どうかしましたか」

と、足音がして、ガウン姿の男女が、真弓たちの方へやって来る。

「あ、どうも」

と、真弓は会釈して、「あなた。こちらが新しいお隣さんの――」

「水浜《みずはま》と申します。あ、家内の早百合《さゆり》です」

水浜は三十代の前半、きりっとした感じの二枚目である。早百合は小柄で大分若い。
二十七、八というところか。
「今野です。お騒がせして」

「今、銃声がしたので――。何かあったんですか？」

と、水浜は言った。

「商売柄、こういうこともありましてね」

と、淳一は言った。「真弓は刑事なものですから」

「そうでしたか！　しかし、おけががないようで良かった」

「そうだわ」

と、真弓が言った。「今、トウモロコシをもらったんですけど、沢山あって。少し
お持ちになりません？」

狙撃されて、トウモロコシをお隣へ分けるという——何だかわけの分らない夜になった……。

「——なかなかすてきな方たちでしょ」

と、真弓は家へ戻って、道田に本庁へ連絡させておきながら言った。

「うん」

と、淳一は何やら考え込んで、「——何をしてる人なんだ、あの水浜っていうのは？」

「知らないわ。あなた、あの奥さんにでも興味があるの？」

「馬鹿《ばか》言え。そんなことじゃない」

「そうよね。確かに可愛《かわい》い人だけど、私よりは大分落ちるわ」

と言ってから、多少気がひけたのか、「少し落ちるわね」

と言い直した。

「そんなことじゃない。あの亭主の方が、口を開くなり、『銃声が聞こえた』と言ったただろ。普通、ああいう音を聞いたら、たいていの人間は車のバックファイアか何かだと思うもんだ。それを『銃声らしい』とも言わず、『銃声が』と言い切った。——

何をしてるにせよ、普通のサラリーマンじゃなさそうだぜ」

「ふーん……」

と、真弓は肯《うなず》いて、「じゃ鉄砲屋さんでもやってるのかしら？」

「何をしてるのか、一応当ってみるのも悪くないかもしれないな」

「でも、とても真面目《まじめ》そうな人に見えるけど」

「真面目な悪党くらい、怖いものはないんだぜ」

と、淳一は言って、「さ、大勢調べに来るんだろ？　寝室をちょっと片付けとこうじゃないか」

「いいわよ。道田君に後で掃除させるから」

部下も上司次第では大変なのである。

「弾丸がない？」

と、真弓は目を丸くした。「それ、どういうことよ！」

「分りません」

と、道田刑事が、まるで自分が悪いことでもしたかのようにうなだれている。「わけが分りません。確かに弾丸がめり込んだ跡はあるんですけど、中に弾丸がないんです」

「じゃあ……どこへ行ったの？」

「分りません。勝手に出てったのかも――」

「道田君、真面目にやって！」

人のことを言えた柄ではないだろうが。

「まあ、落ちつけよ」

と、淳一が居間へ入ってくる。「我々が表でしゃべっている間に、逃げたと見せかけて戻って来たんだろうな。しくじって、弾丸が見付かるとやばいというんで、自分で取り出した。大胆な奴《やつ》だ」

「何て図々しい！」

と、真弓の方はカッカしている。「人のうちへ勝手に入るなんて！　まるで泥棒じゃないの」

淳一は咳払《せきばら》いして、

「ま、向うも捕まりたくないだろうからな」

と言った。「ともかく、壊れた照明器具や窓を直さなきゃ、寝るわけにもいかない」

「そうね。それに一度狙われたのよ。また狙われる可能性もあるわ」

「そりゃあるだろう」

「いいわ。私たち、ホテル住いしましょう。犯人が見付かるまで」

「ホテル?」

「そう。ホテル代は経費として出してもらいましょ。課長だって、『私が射殺されてもいいんですか!』って言ってやりゃ、ウンと言うわよ。そうなったら、一流ホテルのスイートルームにしましょうね」

淳一は、これで警察が必死になって犯人を捜すようになるかもしれないな、と思った。アイデアとしては悪くない。――しかし、その伝票に判を押す課長にはなりたくない、とも思ったのだった……。

2

「おじいちゃん、ただいま」

と、さつきは玄関を上って、「おじいちゃん？」

と呼んでみた。

いないのか。――出かけたのかな、また。

もちろん、この家はおじいちゃんとさつきの二人暮し、さつきは十四歳の中学生なのだから、おじいちゃんが働きに出なくては生活していけない。

だから、おじいちゃんが出かけていても、少しも不思議はないのだけれども……。

「夕ご飯の仕度、しとこう」

と、さつきは呟《つぶや》くと、奥の自分の部屋へ行った。

古い日本家屋で、おじいちゃんの、そのまたおじいちゃんのころからここに住んでいたらしい。平屋で、そう広いというわけじゃないが、さつきの両親が死んでしまって、おじいちゃんと二人でいる分には少し広過ぎるくらいになってしまった。

さつきは、今日学校で友だちから教えてもらったアイドル歌手の新曲を歌いながら、自分の部屋へ入ると、学校の制服のブレザーとプリーツスカートを脱いだ。

そして、スポッとセーターを着ると、ジーパンへ手を伸した。

誰《だれ》かいる！　人の気配にハッとして振り向こうとしたとき、下腹をしたたかに殴られて、痛みに体を折った。

目の前がボーッとぼやけて、気を失うのかと思ったが、意識はあった。

ベッドの上に投げ出される。――誰だろう? どうしてこんなことを――。

さつきは青ざめた。セーターを脱がされる。

「やめて……」

と体をひねったとたん、今度は平手で顔を打たれた。

抵抗する気力はもうなかった。――下着を脱がされて寒いという思いだけが、残っていた……。


「さつき。――帰ったぜ」

と、尾田杵男《おだきねお》は、玄関を上った。「よっこらしょ、と」

つい、言ってしまう。

仕方あるまい。何しろもう六十五歳である。体のあちこちにガタが来ている。

「おい、さつき」

と、台所を覗《のぞ》く。「――いないのか」

玄関にはちゃんと黒の革靴があったから、学校から帰ってはいるのだ。

「さつき……」

昼寝でもしてるのかな。——尾田は、奥のさつきの部屋を覗きに行った。

「おい。——いるのか？」

と声をかける。

前に、いきなりドアを開けたら、ちょうど着がえの途中で、枕を投げつけられたことがあるので、慎重にドアを開ける。

何といっても、もう十四歳。子供じゃないのだ。それに、三年前に両親を亡くしてから、「主婦業」をやっているので、このところ大分大人びて来た。

「さつき——」

と、中へ入って、尾田は立ちすくんだ。

花柄のカバーをかけたベッドに、さつきが裸でうつ伏せになっている。

「さつき！」

と、駆け寄る。「どうした！」

青白い顔はしていたが、気を失っているだけらしい。

尾田は、床に散らばったさつきの下着を見て、青ざめた。

誰かが、部屋の入口に立っている。

「誰だ？」

「忘れたかね」

と、その男は言った。

「――淳一！」

と、尾田は目を丸くして、「お前が俺の孫に――」

「そんなことをすると思うか？」

と、淳一は言った。「危いところだったんだ。俺が来合せなかったら、その子はただじゃすまなかったろう」

「そうか……」

尾田は呆然《ぼうぜん》として、「じゃ、誰が？」

「それはあんたの方が分ってるんじゃないかな」

と、淳一は言って、「そろそろ気が付きそうだ。一人にしといてやれよ。今帰った、ってふりをして」

さつきが身動きして、大きく息をつく。

「分った」

尾田は、淳一と一緒にさつきの部屋を出た。

一旦《いったん》表に出てから、玄関を開け、

「さつき！　帰ったよ」

と声をかけると、

「――おじいちゃん！　待ってて！　こっちに来ないで！」

と、さつきが大声で答える。

「分った。――お客さんだ。お茶を出してやってくれ」

と声をかけ、「――さ、上ってくれ」

と、改めて淳一を上げた。

「何年ぶりかな」

淳一は、茶の間にあぐらをかいて、「大分年齢《とし》を取ったな」

「ああ……。隠したって仕方ねえよ」

「今、何してるんだ？」

「色々さ。こんな年寄を雇ってくれる物好きはいねえからな」

と、尾田は苦笑した。「――孫娘のさつきだ」

さつきがセーターとジーパン姿で現われる。少し青ざめているが、しっかりした声で、

「初めまして」

と頭を下げた。

「淳一っていって、古い知り合いだ。年齢《とし》は大分違うがな」

「今、お茶を」

と、さつきが台所へ消える。

「――なあ尾田さん」

と、淳一は言った。「もう無理だ。やめときな」

「何の話だ?」

「ライフルさ。もう腕は鈍ったよ」

淳一が、ちゃぶ台に二つの弾丸をコトンと投げ出すと、尾田は唖然《あぜん》とした。

「これは……」

「ゆうべ、あんたがこいつを撃ち込んだのは、俺の家の寝室さ。あんたが逃げるのを見かけたんで、この弾丸を、警察が来る前に取り出しといた」

「お前の所だって？　しかし──」

「狙った相手は？」

「確か……水浜って奴だ」

「そいつはうちの隣だ」

尾田はがっくりと肩を落として、

「何てこった！　そんなドジを踏んだことなんか一度もねえのに」

「もう年齢《とし》さ。──その弾丸をしまいな」

尾田が急いで二発の弾丸をつかんでポケットへ入れると、さつきがお茶を運んで来た。

「──あいつの両親は三年前に二人揃《そろ》って死んじまった」

さつきが出て行くと、尾田は言った。「息子が同じ商売だったからな。──後悔しても遅い。その嫁まで巻き添えだ。可哀《かわい》そうに」

「それであの子を引き受けてるんだな」

「当り前さ。他に頼る人もない」

「それなら、なおのこと殺し屋稼業はやめることだ」

と、淳一は言った。「あんたにもしものことがあったら、あの子は一人ぼっちだぜ。それに今日のように、あの子が狙われることもある」

「分ってるさ」

と、尾田がため息をついた。「しかし……このところ、不景気で仕事がない。困ってたんだ。あの子は中学生だし、働かせるわけにはいかねえ」

「誰の依頼だ?」

——尾田杵男は、かつて優秀な「殺し屋」だった。ライフルでの狙撃の腕では、一流と言われたものである。

「よく知らねえ奴だ」

と、尾田は首を振って、「盛り場で飲んでたら、隣へ来て、おごらせてくれ、と言った。そして——俺のことを知ってた。昔のことをな。やってほしい仕事がある、と言って……」

「水浜を消してくれ、か」

「うん。──一千万出す、と言われて。それだけありゃ、もし俺が今どうかなっても、さつきの奴が一人前になるまで、何とかもつだろうと思ったんだ」

「その話はどこか妙だ」

と、淳一は首を振って、「なあ、俺に任せないか」

「淳一。お前が代りにやるってのか？」

「俺は殺しはやらないよ」

と、淳一は微笑《ほほえ》んで、「裏に何かありそうだ。突き止めてみたいのさ」

「しかし……」

と言いかけて、尾田はちょっと笑い、「どうやら暇らしいな」

「そんなところだ」

と、淳一は言った。

「しかし、一応引き受けちまったからな」

「その依頼人が会いたいと言って来たら、知らせてくれないか」

「分った。──しかし、さつきを襲おうとしたのは誰なんだろう？」

「それも、この事件の裏が読めりゃ、自然に分ってくる。それまで、お孫さんの身に用心してあげることだ」

「うん……」

と尾田は肯いて、「けなげで、よく働く奴なんだ。——何とか、あいつの花嫁姿まで見て死にてえもんだよ」

しみじみと言って、

「ま、無理かもしれねえがな」

と、独り言のように呟いた。


淳一が尾田の家を出て少し歩いて行くと、タタッと駆けて来る足音がして、

「さつき君か」

と、淳一は振り向いて、「どこへ行くんだ?」

「買物。その先のスーパーまで」

と、さつきは言った。「おじいちゃんと私じゃ、好きなものが全然違うの」

「そうだろうな」

と、淳一は肯いた。「ついてってやろう」

「――ありがとう」

　さつきは、少し夕暮の色の濃くなって来た道を、淳一と並んで歩きながら、

「さっきは助けてくれて、ありがとう」

　と言った。

「気が付いてたのか」

「ぼんやりと、だけど」

　さつきは頰《ほお》を染めた。「裸を見られちゃったわね」

「命があって良かったんだよ」

「分ってるけど……」

　と、さつきは言って、気丈に顎《あご》を上げ、「あんな男に好きにされるくらいだったら、舌をかんで死んでやる」

　どうやら激しい気性の持主らしい。

「犯人を見たのか」

「はっきり見てはいないけど、声に聞き憶《おぼ》えがあったの。気を失ってると思って、私の服を脱がしていたずらしてるとき、ブツブツ言ってたの」

「どこで聞いた声？」

「おじいちゃんに殺しを頼んだ男よ」

淳一は目をパチクリさせて、

「君は、大人をびっくりさせる子だ」

と、苦笑した。

「おじいちゃんの様子見てれば分るもん。あ、昔の仕事に戻ったな、とか。——電話がかかって来て、秘密の打ち合せとかしてるでしょ。立ち聞きしてると、おじいちゃん、声が大きいから、すぐ分るの」

「それで——」

「おじいちゃんの後を尾《つ》けて、前金を受け取るのを見てたの。太って、変な奴だった。きっと、おじいちゃん、しくじったのね」

「まあね。狙う相手の隣の家へ弾丸を撃ち込んだ」

さつきはちょっと笑って、

「やりそう。そんなことする前に、ビデオの録画予約のやり方でも憶えりゃいいのよ」

「かなわないね、君には」

と、淳一は笑った。「すると、君がやられそうになったのは、そのせいか」

「おじいちゃんがやりそこなって、頭に来て私のこと、手を出したんじゃないかなあ」

さつきは、淳一に、「スーパーにもついて来てくれる？」

「うん。家まで送ろう」

「そう言ってくれると思ってた」

さつきはニッコリ笑った。

淳一はいささかこの少女の度胸に舌を巻いた。――ついさっき、あんな怖い思いをしたばかりだというのに。

さつきはスーパーで、おかず類をいくつか買うと、後はカップめんやお菓子をカゴに入れた……。

「――また君を狙いに来るかもしれないぜ」

と、帰り道、淳一はさつきの荷物を持ってやりながら言った。

「そうね。でも、しょうがない。――おじいちゃんはおじいちゃんで、今さら別の生き方をしろと言ってもだめよ」

と、さつきはさめている。

「うん……。だが、前払い金を受け取ってるってのはまずいな」

と、淳一は首を振って言った。

「そうだ」

と、さつきが足を止めて、「また私のこと、狙ってくるとしたら、逆に待ち伏せして罠《わな》にかけたら？」

「君が囮《おとり》になるのか」

「じっと待ってるよりいいもの」

さつきの、一向に力んだところのない言い方に、淳一は少々圧倒されそうだったのである……。

3

「まあ、十四歳の女の子を？」

案の定、真弓はカンカンになっていた。「任せて！　現われ次第、射殺してやるわ」

「殺しちゃだめだ」

と、淳一はあわてて言った。「ともかく、生かして捕まえたい。背景に何があるか、訊《き》き出すんだ」

「分ったわ。——あ、大勢出て来たわよ」

車の中で、淳一と真弓はその中学校の校門を見張っていたのである。

下校時間になったのだろう、ゾロゾロと同じ制服のブレザー姿の中学生たちが出てくる。

「見とれてちゃだめよ」

と、真弓が淳一の脇腹《わきばら》をつつく。

「まさか。あの子を見付けようとしてるんじゃないか」

「どことなく熱っぽい目つきをしてたわよ」

と、真弓は言った。

「ところで、水浜のこと、何か分ったのかい？」

「話をそらす！——水浜勇治《ゆうじ》、三十四歳。調べてみたけど、当り前のサラリーマンよ」

「ふーん。何かやばいこととつながりは？」

「特にないみたいね。道田君に、見落としてないかどうか、しっかり調べ直させるわ」

「そうか……。おい、あの子だ」

さすがに、淳一の目は鋭い。大勢の、似たような子たちの間に、尾田さつきの姿を見分けていた。

「よし、尾行しよう」

淳一は、車をゆっくりと走らせ始めた。

何となく、予感というのがあるものだ。

――さつきはそういうことに敏感だった。

昨日は家の中ということもあって、つい油断してしまったけど、今日はそうやられやしないからね！

見られている。

公園の中へ入ったときから、さつきはそれに気付いていた。

学校の帰り道、この公園を通り抜けることは禁じられている。危険だから、というのだが、さつきはよく平気でここを通る。

私って、やっぱりおじいちゃんの血が流れてるのかな、と思う。

もちろん、十四歳の身で将来がどうとか、どんな男がいいとか言ったところで仕方ないが、小さいころから、当り前のサラリーマンはいやだ、と思い続けて来た。そういう家に育たなかった、というせいもあるかもしれないが、それだけじゃないだろう。それなら、父と母と、一度に失ったとき、こんな暮しはいやだと思っただろうから。

もちろん両親の死を悲しみはしたが、それでいてどこかでそれを「予期していた」自分に、さつきは気付いていた。

昨日の男……。今野淳一っていった。

すてきだったなあ。――まともな仕事についている男じゃないことは、「匂《にお》い」で分った。

さつきは、自分があと十歳年齢《とし》をとっていなかったことが悔しい。たとえ奥さんがいても、奪ってやるのに！

ガサッと茂みが揺れて、そいつが現われた。

「――待てよ」

と、その男は言った。

「何ですか」

と、さつきは足を止めて、「急ぐんですけど」

「だからって、近道すると、こういう危い目にあうんだぜ」

と、太った男はニヤリと笑った。

「こんな子供のどこが好きなんですか？」

と、さつきはあっけらかんと訊いた。「昨日の続き？　もう殴らないでよね」

男はすっかり呑《の》まれた格好で、

「知ってたのか……」

「私、あんたみたいなタイプ、一番嫌いなの。悪いけど」

「何だと？」

「正直なもんで。ごめんね」

男が真赤になる。

「こいつ……。人を馬鹿にしやがって！」

「自分が馬鹿だからいけないのよ」

ここまで相手を怒らせるのも、一つの才能と言うべきかもしれない。

男がさつきにつかみかかろうとして——。

「何だ？」

どう聞いても、それは笑い声だった。

「——ああ、おかしい」

と、木のかげから出て来たのは、真弓である。

「つい、こらえてられなくて。さつきちゃん。私、今野真弓」

「あ。——淳一さんの奥さんですね」

「そう。あなたって天才だわ」

と、真弓は感服した様子で、「この男のことを、実によく分ってるわ」

「この……」

男が真弓へ向って行くと、ヒュッと音がして男の足首に紐《ひも》が巻きつく。

「ウッ！」

と、男がつんのめったところへ真弓が足払いをかけ、男は真直ぐに突っ伏してしまった。

したたか顔を強打して、起き上れずにいると、

「ごめんなさい。昨日のお返し」

さつきが男の股間《こかん》をけとばした。

「ウーン……」

と、男はのびてしまう。

「やれやれ」

淳一も出て来たが、「もう出番がなくなったか」

と、肩をすくめる。

「ね、あなた」

と、真弓はさつきの肩を叩《たた》いて、「将来、刑事にならない？」

「え？」

さつきも、これにはびっくりした。

淳一は男のポケットを探って、

「――どうやら、麻薬を扱ってる組織の下っぱだな」

と言った。

「麻薬？」

「うん。——例の水浜ってのが、どこかで絡んでるんだろう。表向き平凡なサラリーマンでもな」

と、淳一は立ち上って、「こいつにじっくり訊くか。——一つ、気になってることがあるんだ」

「何なの？」

「尾田さんにゃ悪いが、どうしてあの人に仕事を頼んだか、ということだ」

と、淳一は言った。「何てったって、もう腕は鈍ってる。他にいくらでもやらせる相手はいるはずだ」

「そうね」

と、さつきが肯いて、「私なら、もっと安くやってあげるのに」

「怖いこと言わないの」

と、真弓は言った。「——さ、この男を引張って行きましょ」

真弓は、やっと息をふき返した男に手錠をかけた。

「——刑事か？」

と、男は啞然として真弓を見る。

「そうよ。いけない？」

「そんな……」

と、男が青ざめる。「頼む！　俺を守ってくれ！」

「何ですって？」

「俺は死にたくないんだ！」

男はどう見ても大真面目《まじめ》である。

「それなら、何でもしゃべってもらわないとね」

と、真弓が男を促す。「行きましょ」

そのとき、鋭い銃声が木立ちの間を走った。男が体を折る。

「伏せろ！」

淳一が真弓とさつきを突き飛ばした。

もう一度、銃声がして、男は大きくのけぞった。

一瞬の出来事だった。

淳一は、

「伏せてろ！」

と怒鳴ると、頭を下げて駆け出そうとしたが、「――立つな！」

と、振り向いて叫んだ。

さつきが体を起こして立ち上ろうとしていたのである。

そして三度目の銃声。――さつきが左の肩を押えて、

「アッ！」

と短く声を上げた。

淳一はさつきの体を抱き止めた。血が流れ出す。

「真弓！　救急車だ！」

と、淳一は叫ぶように言った。

「――尾田さん。すまん」

と、淳一は言った。「俺がついていながら……」

「よせ」

と、尾田は首を振った。「ライフルの弾丸は誰にも止められねえよ。悪いと言やあ、こんな稼業をしている俺が悪い」

病院の廊下を、真弓がやって来た。

「あなた。さつきちゃんはどう？」

「命には別状ない」

と、淳一は言った。「しかし、左手が自由に動かせるかどうか、微妙なところだそうだ」

「そう……。あの男は即死」

と、真弓は言った。「身許《みもと》は割れても、話は聞けそうもないわね」

「何て男だ？」

「川井。私たちが通称〈Kグループ〉と呼んでる麻薬組織の一人よ」

「ふーん」

淳一は肯いて、「尾田さん。奴はどうして水浜を狙ってるか、理由を言ったか」

「いや、一向に」

と、尾田は首を振る。

「じゃ、探りを入れるのに手間どりそうだな」

と、淳一はため息をついた。「それにしても……。一つ、訊きたかったんだが」

尾田が顔を上げる。

「何だい」

「どうして、夜、外から寝室を狙うなんて、面倒で当りそこねて当然みたいなことをしたんだ？」

尾田が顔をしかめて、

「いやなこと言うなよ。俺だって、亭主一人なら、もっと違う機会を狙ったさ」

淳一は眉《まゆ》をひそめて、

「一人じゃないのか？」

と訊いた。

「うん。——女房も一緒に、って注文だったんだ。そうなりゃ二人一緒の所をやるしかないだろ」

「二人一緒か」

「寝室ぐらいしかなかったんだ。何しろあの女房の方も忙しそうだったからな」

「忙しそう?」

「亭主より帰りが遅いくらいだったぜ、いつも」

「なるほど……」

淳一は、ゆっくりと肯いた。「亭主の方は本当に当り前のサラリーマンかもしれない。女房の方が、やばいことに係り合ってる可能性もある」

「早速、調べてみる」

と、真弓が駆けて行く。

「尾田さん」

と、淳一は老人の肩に手を置いて、「もうこの商売はやめとけよ。ライフルは処分するんだ。分ったな」

「ああ……」

と、尾田は目を伏せた。

そこへ看護婦がやって来た。

「先生がお話したいということです」

「どうも。——尾田さん」

「淳一。すまねえが、代りに聞いてくれ。俺は怖くて……」

「分った」

淳一は看護婦について歩いて行った。

尾田は、淳一の姿が見えなくなると、立ち上って、さつきのいる病室のドアを、そっと開けた。

孫娘は、上体を包帯でぐるぐる巻かれて眠っていた。

気の強い、しっかり者も、こうして眠っていると弱々しい十四歳の少女だ。

「さつき……」

と、尾田はベッドのそばへ行って、呟くように言った。「お前に何もしてやれないな、このじいちゃんは」

尾田は、じっとさつきの寝顔を眺めていたが、やがて、足早に病室を出たのだった。

4

「まあ、本当においでいただけて嬉しいわ。本当よ」

と、水浜早百合が手作りのケーキを出してくれる。

「すてき！　おいしそうだわ」

と、真弓は半ば本気で喜んでいる。

「いや、うちは二人とも人見知りなものですからね」

と、水浜勇治はニコニコ笑っている。「こうして遊びに来て下さると、嬉しいんですよ」

「ゆっくりしてらして下さいね」

と、早百合は言った。「さ、コーヒーが入りました」

「どうも、夜遅くにすみません」

と、淳一も言って、「すてきなお宅だ。いい趣味ですね」

「そんなこと、言っていただいたの、初めてですわ」

と、早百合は照れたように言った。

「家内は、インテリアデザイナーになるのが夢でしてね」

と、水浜は言った。「この家の中も、全部自分で好きなようにやったんですよ」

「あなたはちっともほめてくれないじゃないの。こちらのご主人の方がずっとセンスがおありよ」

「僕はこういう類のことは全然だめだ、って言ってるじゃないか」

と言いながら、水浜の方も目を細めて妻を眺めている。

「今野さんの所はどんな内装ですの？　一度見せていただきに上ってもよろしいかしら？」

「構いませんがね」

と、淳一が言った。「時々、弾丸が飛び込んで来て、壁に穴をあけたりするもんですから」

「まあ怖い」

早百合はたぶん冗談だと思っているのだろう。

「この間の騒ぎのときも？」

と、水浜が訊く。

「ええ」

と、真弓が平然と肯いて、「そんなことでびくびくしていたら、刑事なんかやっていられませんわ」

「まあ、凄《すご》い！」

と、早百合がため息をついて、「とても、私なんか怖くて眠れませんわ」

「慣れですね」

と、淳一は言った。「刑事の女房を持つと、自然、慣れて来ます」

「なるほど」

と、水浜も目を丸くしている。

「奥様も何かお仕事を？」

と、真弓が訊く。

「家具のショールームにいます。色々、インテリアデザインの勉強にもなりますし」

「まあ。それじゃ割引していただける？」

と、真弓も大分せこいことを言い出した。

「いずれにしても」

と、淳一が言った。「君子危うきに近よらず、です。物騒なことには近付かないのが一番」

「それはそうですね」

「うちとお近付きになるのも、物騒かもしれませんよ」

と、淳一が言うと、水浜たちは一緒に笑い出した。

そのとき——。ガーン、という音と共に居間のガラス窓がビリビリと震えた。

「何？」

と真弓が腰を浮かす。

「伏せて！」

と、淳一が大声を出す。「誰かがここを狙ってる！」

「え？」

もう一度、バシッという音がして、窓ガラスが砕けた。

「キャッ！」

と、早百合が頭をかかえて床に丸くなる。

「真弓！　明りを消せ！」

「はいはい」

呑気な返事をして、タタッとドアの方へ駆けて行く。明りが消えると、

「動かないで下さい」

と、真弓が言った。「今、外では犯人が――」

銃声がした。そして少し間を置いて、

「真弓さん！」

と、呼ぶ声。

「道田君だわ」

と、真弓は窓の所へ行って、「――ここよ！　どうした？」

「それが……」

「逃げられたの？　しょうがないわね！　クビよ！」

課長でもないのに、クビの宣告というのも妙なものである。

「いえ、逃げちゃいないんです。――死んでます」

という道田の返事。「でも、僕は撃ってないんです」

真弓と淳一は顔を見合せた。

暗い戸外へ出て、

「道田君」

と、淳一は言った。「犯人は？」

「その車の中です」

「車の中？」

見れば、中古らしいパッとしない小型車が停《とま》っている。その窓に銃弾が穴をあけていた。

「まさか……」

淳一が駆け寄り、明りを向けると、「やっぱりか」

と言った。

「あなた――」

「見ろよ」

と、淳一は言った。

ハンドルに伏せるようにして、尾田杵男は死んでいた。右のこめかみを、銃弾が襲ったのだ。

「これは……」

いつの間にか水浜勇治が淳一たちの後ろに立っていた。「誰です、これは？」

「――昔、腕のいい狙撃手でしたがね」

と、淳一は言った。「奥さん」

水浜早百合は、少し離れて立っていた。——青ざめた顔で、じっと足下の地面を見下ろしている。

「お宅の窓ガラスは、なぜ防弾ガラスになってるんです?」

と、淳一は言った。「当り前のサラリーマンとＯＬのご夫婦の家に、防弾ガラスは必要ないでしょう」

「待って下さい」

と、水浜が言った。「そのことについては——」

「あなた」

と、早百合が遮る。「いいのよ。こちらはもうご存知だわ」

「早百合……」

「そうでしょう?　私が、あの組織の幹部だということを……」

「承知しています」

と、真弓は肯いた。「このお宅にもボディガードが?」

「私はいらないと言ってるんですけど」

「そんなことを言ったって！」

と、水浜が妻の肩に手をかける。「現にこうして君を狙ったじゃないか。もし誰かがこの男を殺していなかったら、君が死んでたかもしれない」

「でも……」

早百合は車の方へ歩み寄って、「何だか――穏やかな死顔だわ、この人」

と言った。

「私は、父親の死で、仕方なく跡を継いだんです」

窓の割れた居間へ戻って、早百合は少し休んでから話を始めた。「突然のことでした。私は普通のＯＬをしていて、この人と知り合い、結婚の約束をしたばかりでした」

「〈Ｋグループ〉のボスね。大したもんだわ」

と、真弓は言った。

「彼女を責めないで下さい」

と、水浜は言った。「もし、彼女が引き受けなかったら、大変なことになっていたでしょう」

「父は、ガンでもう死が近いと知って、家を出ていた私を呼び戻したんです」

と、早百合は言った。「そして、私以外に継げる人間はいないこと。もし私がいやだと言えば、大変な血を見ることになる、と言いました。——巻き添えを食って死ぬ若い者も大勢出るだろう、と……。どうしても、いやとは言えなかったんです」

「それは分らないでもない」

と、淳一が肯く。「あんたを狙っているのは?」

「もう一つ、新しいグループが今、ひそかに動き始めてるんです。実態がよくつかめないので、うちの組織でも不安がっています」

「そこが暗殺者を?」

「たぶん……。でも、あのお年寄に頼んだのは川井という男ですね」

「そうです」

と、真弓が言った。「知っているんですか」

「うちの組織の人間です」

と、早百合は言った。「今度の新しいグループが、うちの組織の人間を、かなり取り込んでいるという噂《うわさ》もあって、うちでも大騒ぎなんです。私は暴力ざたは嫌いです。

何とか丸くおさめたいと――」

「麻薬の組織を丸くおさめるっていっても、まず無理ですよ」

と、真弓は冷ややかに言った。

「まあ待て」

と、淳一は真弓を抑えて、「奥さん。もし本当に今の地位にいるのがいやだと言うのなら、それこそ今度のことがチャンスになるかもしれませんよ」

「というと？」

「グループ同士が武器を取って争うことになれば、その現場を押えて、銃の不法所持で逮捕できる。〈Kグループ〉そのものを潰《つぶ》してしまえるかもしれない。――もっとも、それは命がけですがね」

「そんなにうまく行くもんですか」

と、水浜は首を振って、「早百合が殺されてもいいというんですか。それこそ、味方からだって狙われかねない」

淳一はちょっと厳しい目で水浜を見て、

「いいですか。悪事に味方なんてものはない。誰もが敵なんです」

「しかし……」

「あなた」

と、早百合は水浜の手を握った。「今野さんのおっしゃる通りかも」

「早百合！」

「もし私が死んでも――グループがなくなれば、それが一番いいことよ」

「だが……」

「私が狙われたということが知れれば、血の気の多い子たちが騒ぎ出すでしょう」

「しかし、敵はどこにいるか分らないんだぜ」

「その点は大丈夫」

と、淳一が言った。「組織の中に敵がいるのですから、そういう動きが出てくれば、必ず罠を仕掛けるための情報を流します。敵がどこそこに集まっている、といった風にね。それをこっちがキャッチすれば、どっちも一度に押えられる」

「なるほど」

と、水浜は肯いて、「――早百合。どうする？」

「やるわ」

と、早百合は即座に答えた。「こんなことをしていれば、いずれ命を落とすことになるもの。同じことよ」

水浜は、早百合をしっかりと抱きしめた……。そのとき、電話が鳴り出した。

「私、出るわ」

と、早百合は駆けて行った。「——はい。——ええ、私。——何ですって？」

早百合の表情が緊張する。

「でも、どうしてそれを知ったの？——そう。分ったわ。じゃあ……どうしてもやるのね。——すぐにそっちへ行きます。迎えを。——ええ、やるしかないわね。今さら止められないでしょう」

早百合は、電話を切ると、淳一の方を振り向いた。

「幹部からです。ここが襲われたことがもう知れ渡って——」

「敵がいる場所も？」

「誰かが探り出して来た、と」

「早速か」

と、淳一は肯いた。

「私が行って、先頭に立ちます」

と、早百合が言うと、水浜がびっくりして、

「危いよ！　いくら警察がいるからって」

「でも、そうすればみんなついて来るわ。一番いい方法よ」

「危険だが、やってみる値打はある」

と、淳一は言った。「真弓。上司を叩き起こせよ」

「水をぶっかけても、五分以内に手配させてやる」

と、真弓は言った。


車は、暗い森の奥へ入って、停った。

「――ここは？」

と、早百合が窓の外を見て行った。「誰もいないじゃないの」

「そんなことはありません」

と、運転していた男が言った。「ちゃんとお待ちしてます」

誰かが森の中から出て来た。早百合はドアを開けて、

「――あなた」

と、言った。「こんな所で、何してるの？」

「君を待ってた」

と、水浜は言った。

「あなた……」

早百合は振り返って、「他の車は？」

「途中で、この一台だけが別の道へ入ったのさ」

「あなた――。それじゃ――」

「すまないね」

と、水浜が拳銃を取り出した。

「私を――撃つの？」

「仕方ない。もちろん、僕は君の死を嘆き悲しんで見せる。そして、グループのボスの座を継ぐんだ」

と、水浜は言った。「ここにいるのは、みんな僕と一緒にこのプランを進めた連中だ。気の毒だけどね」

「あなた……。ぜいたくに慣れてしまっていたのね」

「そりゃあ、人間、金のある方がいいからな。女も思いのままだし」

「じゃあ……。あのお年寄も？」

「この騒ぎを起して、君が敵対するグループにやられた、ということにするために、川井に雇わせたんだ。下手《へた》な奴を雇わないと、本当に当っちゃ困るからな」

「可哀そうに。——殺さなくても」

「人のことを気の毒がってる場合かい？　あの女刑事も、ここには誰も手配してないんだ」

水浜は拳銃を握り直した。「諦《あきら》めて、成仏してくれ。恨むなよ」

銃声がして、早百合は目をつぶった。——しかし、弾丸は早百合のどこにも当らなかった。

目を開けると——水浜が腕を押えてうずくまっている。

「——残念でした」

と、木立ちの間から現われたのは真弓で、手にした拳銃からはうっすらと煙が立ち上っている。「警察をそう馬鹿にしたもんじゃないわよ。ちゃんとあなたたちの後を尾けてたんだから」

周囲の木立ちの間から、警官がゾロゾロ現われると、水浜は青ざめた。

「早百合さん」

と、真弓は言った。「この男には、もう愛人がいるの。その女にたきつけられたところもあるのよ」

「分ってました」

と、早百合はため息と共に言った。「――もしかしたら、あなたが張本人かもしれないって、ずっと思ってた」

「早百合……」

水浜が呆然とする。真弓は、水浜の取り落とした拳銃を拾い上げると、

「あんたが銃の腕をみがいてたことも、分ったわよ。川井を射殺したのはあんたね。尾田杵男は誰がやったのか知らないけど、少なくとも、殺しで逮捕状を取ってやるからね」

水浜の手首に手錠がガシャッと鳴った。

「おい。けがしてるんだぞ、俺は！」

と、水浜はふてくされて、「手当してしてもらいたいね」

すると——妙な音がした。

誰もが黙ってしまった。

早百合が、車のボンネットに身をもたせかけ、声を押し殺して泣いているのだ。

水浜も、さすがにうつむいて、真弓に促されるままに歩き出した……。


病室のドアを開けて、淳一は中を覗き込んだ。

「女の子の部屋を覗くと、捕まるよ」

ベッドから、さつきの元気な声が聞こえて来た。

「——君なら撃退できるだろ、覗きなんか」

と、淳一は花束を手にベッドのそばへ行った。

「その花、私に？」

「もちろんさ」

「ありがとう」

と、さつきは右手で花を受け取ると、「男の人から花をもらうなんて、生れて初めてだ」

と微笑んだ。

「傷の方、きちんと治るってことじゃないか。良かったな」

「うん」

と、さつきは肯いて、「おじいちゃんに、ちゃんとそう聞いておいてもらいたかったな」

淳一は、無言で少女を見つめた。

「——おじいちゃん、死んだんでしょ」

「どうして分った？」

「おじちゃんの顔に書いてある」

と、さつきは言った。「でも——泣かないよ」

「泣いてもいいんだぞ」

「一人になってからね」

と、さつきは天井を見上げた。「——本当はね、TVのニュースで見たの。おじいちゃんの名前は出てなかったけど……。見当はついた」

「そうか。――しかし、あれで、大きな麻薬の組織が一つ、摘発できたんだ」

「おじいちゃんが聞いたら、照れるね。世の中のためになることなんて、したことないのに」

「いや、そんなことはないさ。君をこうして育てた。それだけでも、君のおじいちゃんは立派に世の中のためになることをしたんだ」

さつきは、ちょっと笑って、

「口がうまいね」

と言った。

「大人をからかうもんじゃない」

淳一が苦笑する。

ドアが開いて、真弓が入って来た。

「あら、お邪魔だった？」

と、二人を眺めて言う。

「よせよ。――どうした？」

「早百合さんが、さつきちゃんの面倒をみたいって言ってるわ。気が合うかもしれないわよ。どう？」

「私は一人で大丈夫。その方が、おじいちゃんも喜んでくれると思うし」

「頑固なところは、おじいさん似だな」

さつきは、ちょっとためらってから、

「真弓さん。お願いがあるんですけど」

「なあに？」

「私――初めてのキスを淳一さんにしてもらいたいの。だめ？」

真弓はジロッと淳一をにらんだが、

「――ま、いいでしょ」

と、肩をすくめて、「あなたがあと五つ年齢《とし》とってたら、射殺してたとこだけど」

「やった！」

と、さつきは言って、右手の拳を振り上げた。

「おい……」

「ちゃんと許可が出たんですよ」

「しかしね――」

「外してるわよ、やりにくけりゃ」

真弓がさっさと出て行く。

「——まずかった？」

「いや、しかし……」

「私ね、憧れてたんだ。泥棒とか殺し屋とかさ。普通の暮しにない緊張があるじゃない」

「そうかね」

「でも——そんなんで若死したら、おじいちゃんも喜んでくれないと思うし。私、何か他にやりたいことを見付ける」

「それがいい」

「そのけじめのキスなの。——最初で最後」

「分ったよ」

淳一は、さつきの上にかがみ込むと、静かにキスしてやった。

もちろん——真弓から後で色々言われるのは覚悟しなくてはならない。

「——どうだった？」

「最高！」

と、頬を赤く染めて、さつきが言った。

「そりゃ良かった。——じゃ、また見舞に来るよ」

「待ってる」

淳一は、病室を出ようとして振り向くと、

「大人になると分るけどね、普通の暮しにも、緊張はあるものなんだよ」

と言ってやって、軽くウインクして見せたのだった……。

逃がした犯人《ホシ》は大きく見える

1 一撃

「アーア……」

今野真弓は、大きな欠伸《あくび》をした。

「真弓さん」

と、車を運転していた道田刑事が心配そうに言った。「大丈夫ですか？　お疲れなんじゃありませんか？」

「そうね……」

と、真弓は目をこすって、「何しろ、〈謎《なぞ》の会社荒し〉を追って、この三日間、ほとんど眠ってないんですもの。眠くもなるわよ、いくら職務に忠実な私でも」

——警視庁の優秀な（と自称している）女刑事とその忠実な部下は、深夜二時、丸の内のオフィス街に車を走らせていた。

晩秋の一日、夜もここまでふけると車の中も大分寒くなってくる。といって、ヒーターなどいれたらとたんに眠くなるだろう。

もちろん、どのオフィスビルもほとんど明りが消えている。わずかにいくつかの窓の明りが、却《かえ》って夜のオフィス街の寂しさを強調していた。

「真弓さん。少し眠って下さい」

と、道田は言った。「大丈夫です。僕が起きていますから」

「とんでもない！　二人でパトロールしているのは何のためなの？　一人の目じゃ怪しい人影を見落とすかもしれない。二人なら、それを見逃さずにすむかもしれないでしょ？」

「それは分ります。でも、もし寝不足で真弓さんが体をこわしでもしたら、それこそ今後の捜査に支障を来すでしょう。それを考えれば、今、ほんの少しでも眠っておいた方が、結局は捜査の役に立ちます」

真弓は、こういう理屈（？）が大好きで、心から感動してしまった。

「道田君……。君って、本当にやさしい人ね！」

「とんでもない。僕はただ――」

あなたを恋しているんです、と言おうとして道田はぐっとこらえる。真弓には今野淳一という夫がいるのだ。

「君の言う通りだわ。さすがに私の教育がすばらしいのね」

感謝がいつの間にか自慢になっているのも、真弓らしいところである。

「真弓さん――」

「じゃ、少し眠るわ。お願いね」

と、助手席のリクライニングを倒して、たちまちスヤスヤと寝入ってしまう。

道田はブルブルッと頭を振って、キッと正面を見据えると……。アーアと大欠伸したのである。

実は、三日間ほとんど眠らずにオフィス街のパトロールを続けているのは道田の方だったのだ。真弓は？――昨日までの三日間、休暇を取って、恋亭主（恋女房と言うから、恋亭主があってもよかろう）の淳一と二人で温泉などへ行っていた。そのおかげで体はリラックス。

ついでに、「夫婦の対話」もじっくりとできて、そのせいで眠いという――道田にとっては気の毒なような展開なのであった。

しかし、道田は決してそんなことで文句は言わない。真弓のためなら、たとえ火の中、水の中、ビルの中……。

本当に「ビルの中」へと道田は入って行ったのである。――車を運転する内、しっかり目を開けているつもりだったのだが、つい瞬《まばた》きをしたついでに瞼《まぶた》が閉じっ放しとなり、そのまま深い眠りに……。

車は当然のことながらノロノロではあったが進み続け、ついには――歩道へ乗り上げ、そのまま大きなビルの正面、とてつもなく大きなガラスばりになっている所へと突っ込んで行ったのである。

ガシャン！

特大のシャンパングラスが何百個も一度に割れた、という音が、シンと静まり返ったオフィス街に響きわたった。

そして当然のことながら、ビルの警報がけたたましく鳴り始めて、やっと道田と真弓は目を覚ました。

「道田君！　何ごと？」

と、真弓はあわてて拳銃《けんじゅう》を取り出すと、キョロキョロしている。

「はあ……。どこを走ってるんでしょう？」

車は、なおもビルのロビーの中をノロノロと進んでいた。——ガツン、とショックが来て、正面の受付のカウンターが大きくへこんだ。

車は停《とま》った。

そして二人はしばし無言だったのである。

「——道田君」

と、真弓は言った。

「はあ……」

「何があったの？」

「僕も……よく分らないんです。ちゃんと道を走ってたんですけど」

道田自身、眠ったことに気付いていないのである。

「でも……」

真弓は周囲を見回して、「ここ、どう見てもビルの中よ」

「そうらしいですね」

二人は、やっと自分たちの置かれている状況に気付いて、ゾッとした。

明りの消えた広い、寒々としたロビーに、非常ベルがけたたましく鳴り渡っている……。

——ところで、この二人がオフィス街のパトロールに出ていたのは、このところこの近辺の大手企業を専門に荒し回っている「ビル荒し」がいるからで、すでに被害に遭った企業が七社。

現金も数百万単位で盗まれているが、むしろ被害の大きいのは企業秘密に当る極秘書類が盗まれていることだった。

その中には、企業が世間に（警察にも）知られたくないものも含まれており、もちろん警察では、

「被害はすべてきちんと届け出て下さい」

と強調しているのだが、どうやら盗んだ犯人との直接交渉で、その書類を買い取ろうとしている企業もあるらしかった。

しかし、いずれにしても警察としては早く犯人を挙げなくてはならなかった。マスコミが〈謎の怪盗！〉などと名付けて持ち上げているからである。

それで、本来殺人事件が専門の真弓たちまでが、こうしてかり出されているのだった。

「誰《だれ》か来ますよ」

と、道田が言った。

「モグラが目を覚ましたのかしら」

真弓には、とんでもない状況でジョークを言うという、変わった癖があった。

「誰だ！」

と、大声が響いて、制服姿のガードマンが明りを手に駆けて来た。

「警察よ」

と、真弓は落ちついたもので、車を出ると、ちゃんと身分証を見せた。「ご苦労様。君の名前は？」

見たところまだ二十二、三という若いそのガードマンは、ビルの正面のガラスが派手に割られ、車がロビーの中へ入って来て受付のカウンターをぶっ壊しているという凄絶《せいぜつ》な光景を前にして、唖然《あぜん》としていた（当然だろう）。

「――は？　あの……」

「君の名前を訊《き》いてるの。さてはガードマンの格好はしてるけど、偽ものじゃないの？」

「と、とんでもない！」

と、その若いガードマンは目を丸くして、「このビルの警備を任されている平田《ひらた》といいます。平田哲二《てつじ》です」

「そう。平田君ね」

と真弓は肯《うなず》いて、「なかなかいい制服ね。どこで売ってた？」

「はあ？」

「そんなこと、どうでもいいの。大変な事態なのよ！」

と、真弓は声を高くした。

「確かに大変ですね」

と、平田は車を見て、「これであのガラスを？」

「緊急の場合、ガラス板のことなんか気にしちゃいられないわよ」

「そう。今私たちは、この表をパトロールしていたの。例の〈ビル荒し〉を捕まえなければいけない。分ってるでしょ？」

「はい、もちろんです。特に用心するように言われています」

「そう！　今こそチャンスよ」

真弓は、平田の肩をバンと凄《すご》い力で叩《たた》いたのである。「問題の泥棒は今、このビルの中にいるわ」

平田が仰天した。

「ほ、本当ですか？」

「このビルに入っているのは？」

「ここは〈K自動車〉のビルです。一社だけです」

「各階の配置はどうなってる？」

「今、ロビーの明りを点《つ》けます」

と、平田が駆けて行く。

「真弓さん」

「緊急ですか？」

道田も車から出て来て、「本当にこのビルの中に犯人がいるんですか」

「いるわけないでしょ」

と、真弓は小声で言った。「でも、そうでも言わなきゃ、車でロビーへ突っ込んだことをどう説明するのよ！」

「でも……。嘘《うそ》をつくんですか？　刑事が嘘をつくのは——」

パッとロビーの明りが点き、鳴っていた非常ベルも止った。

真弓と道田は、明るい光の下で、改めて惨状を眺め、

「やっぱり……嘘も仕方ないかもしれませんね」

と、道田は言った。

平田が戻って来て、

「ここに案内のパネルが」

と、真弓たちを案内した。

「ふーん……。そう。きっと怪しい光が見えたのは、十七階の〈資料室〉の辺りだわ。そこに犯人がいるに違いないのよ。だから一刻を争う以上、ガラス板一枚くらい、あっするしかなかったの」

「そうですか……。でも、あの大きいガラス一枚で五百万円するんですよ」

平田の言葉に、真弓と道田は、何が何でも嘘で通すしかないと決心したのである。

「じゃ、十七階へ行ってみましょう」

と、真弓は構わずに言った。「壊れたものはもう元には戻らないわ」

それは確かに事実だったのである……。

三人はエレベーターへと急いだ。

「——いいこと。道田君、いざってときは私のことはどうでもいいから、犯人を追いかけるのよ」

「は、はい」

エレベーターが上って行くと、真弓は拳銃を取り出した。平田がびっくりして、

「犯人が武器を?」

「情報によるとね、機関銃で武装してるっていうのよ」

と、真弓はわざと小声で、「他に、バズーカ砲もあるかもしれないって」

これじゃ漫画である。さすがに真弓も大げさすぎると思ったのか、

「ま、それはただの噂《うわさ》だけどね」

と付け加えたが、平田の方は青くなっている。

しかし、真弓だって、本当は青くなっていても良かったのだ。機関銃やバズーカ砲は持っていないにしても、この〈K自動車ビル〉の十七階に、本当に泥棒が入っていたのだから。


エレベーターが停った。

「行くわよ。――突撃！」

と、真弓は扉が開くとワッと飛び出した。

真正面に立っていた、ワイシャツにネクタイという格好の男は、真弓にもろにぶつかられて引っくり返ってしまった。

「真弓さん。――まだ十四階です」

と、道田が言った。

「早く言いなさい！」

男と一緒に倒れてしまった真弓は起き上って、「何なの、このデブは？」

と、目をパチクリさせている男を見た。

「あの——」

と、平田がおずおずと、「この社の副社長です」

「あらそう。初めまして！　今野真弓です」

と、真弓はにこやかに、「車買うときは安くしていただける？」

「この……人は？」

と、その「副社長」は、平田を見て言った。

平田が手短かに事情を説明する。

「——そりゃ大変だ。僕は副社長で、加賀亮介《かがりょうすけ》といいます」

とズボンのお尻《しり》を払って、「じゃ、十七階へ行ってみよう。ご一緒します」

と、一緒にエレベーターに乗り込む。

「副社長、まだ残っておられたんですか」

「明日、海外の客があるだろ。いつもそういうときは僕が引張り出される」

と、加賀亮介はため息をついた。

「英語ができるんですか」

と、道田が訊くと、

「アメリカに留学してたんですが……。小学生のときですからね。もう三十年も前です」

　と、加賀亮介は言った。「あ、十七階です」

　扉がスルスルと開く。

「このフロアに貴重な物は？」

　と、真弓は訊いた。

「そうですね。——まあ、現金はまずないでしょうから……。書類かなあ。でも、そんな貴重なものってあるのかな」

　と、加賀亮介は首をかしげている。

「ともかく、犯人逮捕は私どもの仕事ですから」

　と、真弓は言った。「あなた方は充分に気を付けて、けがをしないように」

「はあ」

「ご家族は？」

「私……ですか？」

　と、加賀亮介は面食らって、「ええ、いますが」

「奥様と——お子さんも？」

「いえ、子供はいません」

「じゃ、奥様一人ですね、あなたが死んでも悲しむのは。良かった！　少しは気が楽ってものだわ」

ちっとも良かない。

「道田君、君は平田君と一緒にそっちへ、私はこの人と一緒にこっちから回るわ」

「はい」

道田は何となく本当に、、、犯人がここにいるような気になっている。

「では行きましょ」

と、真弓は言った。

資料室といっても、一つではない。ズラッとドアが並んでいて、ドアに〈A〉〈B〉〈C〉と文字がついている。

「資料が多いので、関連別に分けてあるんです。各室、ほぼ同じ大きさで」

「一つずつ確かめます。中の明りは？」

「ドアを開けて、すぐ左手です」

「内側ですか。やりにくいですね」

「すみません」

「私がバッとドアを開けます。あなたは、手をのばして明りを点けて下さい」

「分りました」

加賀亮介は汗をかいていた。

「では……。いいですね。——行きますよ」

真弓はパッとドアを開け、拳銃を構えて身をかがめる。加賀亮介がすぐ明りを点けた。——真弓はザッと中を見て、

「ここにはいませんね。では、次のドア」

我ながら、どうしてこんなことをしているのだろうと思ったが、始めた以上は、やめるわけにはいかない。

五つめくらいの部屋まで来ると、いい加減うんざりして来たが、

「一枚五百万！」

と、自分へ言い聞かせて、そんなもの払わされちゃかなわないから、ともかくこれを続けるしかないと思った。

「では、次ですね」

と、真弓は真面目《まじめ》くさった顔で言った。

ところで、道田の方はどうしていたかというと――。

「誰もいないみたいですねえ」

と、平田がドアを開け、中を覗《のぞ》き込んで言った。

「そうですか」

道田は真弓ほど図々しくない（大ていの人間はそうである）ので、パッと拳銃を構えるなんて、芝居がかったことはできなかった。

しかし、一応言われた通り、さも用心しているふりだけはしていたのである。

「――次は、まあ一番誰も狙《ねら》いそうのないところですね」

と、平田が言った。

「というと？」

「総務の伝票類です。休暇届とか遅刻届とか。二年間保管して順次処分して行きます」

なるほど。そんな物を盗む物好きはいないだろう。

「じゃ、ここはパスしますか」

と、平田に言われた道田だったが、真弓の「命令」を思い出し、

「いや、念には念を入れましょう」

と言った。

「分りました。それじゃ――」

と、平田がドアを開けた。

中には明りが点いていた。そして――道田は見たのである。

拳銃が火を吹いて、平田の胸を射抜く。平田は胸を押えて、びっくりしたように
……。

胸から血が溢《あふ》れるように流れ出て、平田の体はバッタリと倒れた。

「おい！」

道田は拳銃を構えて言った。「銃を捨てろ！」

そのとき、ドアのかげに隠れていた誰かが道田の後頭部を殴りつけた。道田は突っ伏すようにして倒れ、そのまま意識を失ったのだが――。

かすかに駆けて行く足音、そしてわずかの間を置いて、

「道田君！　道田君！」

と呼ぶ真弓の声は、たちまち消え入ってしまった……。

2　忘却とは

「何だって?」

と、今野淳一は振り返った。

「あら、聞いてなかったの?」

真弓は、ベッドの中でウーンと伸びをしている。

「聞いてたとも。だからびっくりしたんじゃないか」

と、淳一は寝室の明りを点けた。

「あら。私のこと、そんなにじっくり見たい?」

「今の話さ。それで——」

「あなた、『何だって?』って言ったわ。それは疑問文よ。問いかけである以上、あなたは私の話を聞いてなかった、ってことになるでしょ」

「理屈はともかく、道田君はどうしたんだ、一体?」

と、淳一は心配そうに、「まさか――」

「大丈夫よ。あの石頭が死ぬわけないじゃない」

と、真弓は手を振って、「頭蓋骨《ずがいこつ》にひびくらい入ったかもしれないけどね」

「何だ。それじゃ命に別状なかったんだな」

と、淳一はホッとした様子で、言った。

「あら、あなた道田君のことをひそかに愛してたの？」

「そうじゃない。しかし、これだけ色々なじみになってると、万一死んだなんて聞いたらショックじゃないか」

「怪しいわね。あなた、本当は私より道田君を愛してるんじゃないの？」

「そうじゃない！　しかし――」

「じゃ、私の方を愛してるって立証して見せて」

「立証したろ」

「もう一度」

淳一は、やれやれとため息をつくと、もう一度寝室の明りを消したのである……。

――今野淳一、三十四歳。職業泥棒。それも「一流」と付け加えないと本人が怒るだろう。

二十七歳の真弓と結婚して、仲良くやっているのは、この場の成り行きを見ていても分る。

泥棒と刑事という取り合せは確かに珍しいかもしれないが、お互い生活時間がめちゃくちゃという点では共通点がある。その中で、これだけベッドで過ごす機会が多く持てるというのは二人の努力（？）のたまものかもしれない……。

「――しかし、災難だったな」

と、淳一は「立証」がすんでから言った。

「え？　誰が？」

と、真弓は夫の胸に頭をのせてウトウトしている。

「道田君がだよ」

「道田君が……。災難？　火事にでもあった？」

「殴られたんだろ、ビル荒しに」

「あら、よく知ってるわね……」

「自分が話したんじゃないか」

「そうだった？」

ワーオ、と大欠伸して、「――あ、そうだった」

「何が？」

「で、大変なの。何も憶《おぼ》えてないのよ」

「――誰が何を？」

「道田君。あのね、私が発見したとき、道田君はその部屋の入口の所に倒れてたの。そして少し離れて平田ってガードマンが胸を撃たれて即死。犯人は逃走してた」

「ふーん。しかし、状況から見て、道田君は犯人を見てるんじゃないのか？」

「そうなの。現場の痕跡《こんせき》から見て、犯人は二人。一人は銃で平田を撃ち殺し、もう一人はドアのかげにいて、道田君を殴った」

「すると、少なくとも平田を撃った人間の顔は見てるんだろう」

「そのはずなのよ」

と、真弓は毛布を胸の上まで引張り上げて肯いた。

「はず、って？」

「道田君を病院へ運んで、なかなか目を覚まさないんで、お医者さんがいないときを見はからってコップの水を顔にぶっかけたの」

「乱暴だな」

「でも、死ななかったわよ。ちゃんと目も覚ましたし」

と、真弓は平気なもの。「ところがね、目をパチクリさせて私を見ると、何と言ったと思う？」

「さあな。『タオルをくれ』とでも言ったか」

「そんなんじゃないの。『ここはどこですか？』って訊くから、『病院よ。どう？　大丈夫？　さ、早いとこ犯人を捕まえに行きましょ』って言ってやったの」

「それで？」

「そしたら――私のことじっと見て、『失礼ですが、どちら様ですか』だって」

淳一は唖然《あぜん》として、

「それはつまり……」

「ねえ、傑作でしょ！　忘れちゃったっていうのよ。私のことも何もかも」

「ふーん。記憶を失ったってわけか」

「本当にあるのね、そんなことって。私、てっきり道田君がふざけてるんだと思って、

『何馬鹿《ばか》なこと言ってんの！』って怒鳴っちゃった。可哀《かわい》そうだったかしら」

真弓は人のことだと思って（？）呑気《のんき》なものである。

「しかし、大変じゃないか」

「そうなのよ。何しろ自分のことも全然思い出せないんですって。自分が刑事だってことも」

「すると、当然〈K自動車ビル〉の十七階で何が起ったのかも……」

「きれいさっぱり忘れちゃった、ってわけ」

「そうか……。記憶が戻るといいな」

と、淳一は言って、ベッドから出た。

「ね、あなた」

「何だ？」

「ビル荒しはあなたじゃないんでしょうね」

「おいおい。――俺は人を撃ったりしないぜ」

「そうね。ともかく、これで事件は殺人になったわけ。大変よ、これから」

「だろうな。――いいのか、お前？　こんなことしてて」

「大丈夫。道田君のせいにしてあるから」

「どういうことだ？」

「道田君をうちへ連れて来れば、何か思い出すかもしれないって課長に言ったの。で、ここへ連れて来たのよ」

淳一は目をパチクリさせて、

「――ここへ？」

「あ、いけない」

と、真弓は手を口に当てた。「あなたに抱きついたりしてたら、道田君のこと、忘れちゃった。――玄関前に落ちてない？」

「財布じゃないぜ。見て来よう」

淳一は、玄関へと下りて行って、ドアを開けた。

道田は、少なくとも記憶は失っても性格は変っていないようだった。

ボーッとそこに突っ立っていて、淳一が顔を出すと、

「あ――ご主人ですか。初めまして」

と頭を下げたのである……。

「道田君、お茶いれて来て」

と、真弓が言うと、道田はパッと立ち上って、

「お台所はどこだったでしょう?」

「その奥よ。赤い戸のついた棚をあけると中にお茶が入ってるから」

「はい」

いそいそと道田が台所へ行く。淳一は顔をしかめて、

「おい、ありゃいくら何でも可哀そうじゃないのか」

「いいのよ。色々やってる内に思い出すかもしれないでしょ。これも治療の一つ」

と、真弓はのんびりソファに寛《くつろ》いで、「これで道田君にお料理でも教えたら、もっと役に立ちそうね」

ひどいことになっている。何しろ「白紙」のような状態の道田なので、真弓が言うことを、全部そのまま「承って」しまうのである。

「考えなきゃいかんことがあるぜ」

と、淳一が言った。

「道田君のお給料？　私が代りにもらっといてあげるわよ」

「そうじゃない！　道田君は射殺した犯人を見ている。ということは、犯人の方も道田君を見ただろう。——つまり、犯人は自分の顔が警察に知れていると思ってる」

「ああ、そうね。どうしてTVとかで手配されないでいるか、不思議かもね」

「もし、道田君の記憶喪失がマスコミに流れたりしたら、どうなる？」

「犯人は喜ぶでしょうね」

「さ、さし当りはな。しかし、いつ道田君の記憶が戻るかもしれないんだ」

「というと……」

「犯人は、記憶が戻らない内に、道田君を殺そうとするかもしれない」

「なるほどね……」

真弓は考え込んで、「じゃ、道田君が殺されるのを待ってりゃいい？」

「他に手の打ちようがあるだろう」

と——いつの間にか当の道田が、盆にお茶をのせて運んで来て立っていた。

「道田君。——ありがとう」

「今、聞いていました」

と、道田はやや青ざめた顔で立っていた。

「まあ落ちつけ。君のことはちゃんと警察が守ってくれる。犯人だって、そう馬鹿じゃないさ」

と、淳一が慰めると、

「ありがとうございます」

と、道田はいやにもの静かな様子で二人へお茶を出して、「でも――僕は、真弓さんのことをとても尊敬していたそうですね」

「まあね。私のためなら命も惜しくない、っていつも言ってくれてたのよ」

「そうですか」

道田は何やら考えている様子だったが……。

「道田君も、少しのんびりしろよ。疲れてたんだよ、きっと」

「あの――お手洗をお借りできますか」

「ええ。その廊下の突き当り」

「ありがとうございます」

道田が居間を出て行くと、真弓と淳一は顔を見合せた。

「何だか、いやに礼儀正しくなったな」

「ねえ。ずっとあのままだったら、お作法の先生にでもなれそう」

「呑気なこと言って」

と、淳一は苦笑した。「道田君のためだ。一肌脱いでやらなきゃな。ビル荒しってのは正統派の泥棒のやることじゃないんだ。特に手に入れたものをネタにゆすったりするのは趣味じゃない」

「何かつかめそう？」

「問題の第一は、そのビルにどうやって入ったか。その副社長ってのが残ってたんだろ？　それだけの大企業だ。他にも残ってた人間がいるはずだ。犯人は外部から忍び込んだか、でなきゃ内部にいた人間か……」

「自分の会社のものを盗むの？」

「珍しかないさ。社内のスキャンダルに詳しいのも当然だし、盗みたいものがどこにあるかも分るだろうし」

「でも他のビル荒しは——」

「同じ犯人とは限らないぜ。ちょうどそういう時期にやれば、同じ犯人のやったことと思われる」

「もう！　わざとややこしくしないでよ」

と、真弓は欠伸をして、「——さ、そろそろ出かけようかしら」

「聞き込みかい？」

「K自動車の人と会うのよ。何が盗まれたかも確かめないとね」

「なるほど。じゃ、道田君も連れてった方がいいぜ。しかし、できたら少し離れて、顔だけ見せる方がいい」

「悪くないわね。でも問題があるわ」

「何だ？」

「私の雑用をやってくれる部下がいない！　ま、いいか。課長にでもやらせりゃ」

真弓はこういうことを結構本気で言っているのである。

「——おい」

と、淳一が立ち上った。

「どうしたの？」

「玄関のドアが開いた」

「本当?」

何といっても、淳一の耳は確かである。真弓はバッグから素早く拳銃を取り出して身構えると、

「出てらっしゃい! こっちにゃ機関銃があるのよ! 蜂《はち》の巣になりたくなきゃ、手を上げて出てらっしゃい!」

しばらくじっと耳を澄ましたが、何の気配もしない。

「待ってろ」

淳一は小声で言って、素早く居間を出た。

「あなた! 危いわよ」

と、真弓は頭を低くしてついて行く。「死ぬなら一緒よ!」

淳一は、玄関の上り口にかがみ込んで、

「入って来たんじゃない。出てったんだ」

と言った。「――見ろ」

「え?」

その紙には、きれいな字で、

〈今野真弓様。

お話をうかがい、お二人のやさしさが身にしみました。しかし、小生がここにご厄介になれば、お一人にも危険が及ぶことになります。

私は、自分の記憶が戻るまで、一人で自分の身を守ることにしました。

どうぞご心配なく。

道田〉

とあった。

「――道田君」

と、真弓は唖然として言った。

「やれやれ。――生真面目に拍車がかかったようだな」

「びっくりね」

と、真弓は首を振って言った。「道田君の字が、こんなにきれいになるなんて！」

3　恋人の面影

「有川《ありかわ》さん。――恵子《けいこ》さん、いる？」

トイレの中に声が響いて、有川恵子は、

「はい」

と急いで返事をした。

「木村《きむら》課長がお呼び」

「はい、すぐ行きます」

と答えて……鏡の中を見る。

これじゃだめだ。泣いていたと分ってしまう。

バシャバシャと顔を洗い、ペーパータオルで拭《ふ》く。本当は、ファウンデーションが落ちてしまうから、洗ったりしてはいけないのだが、今は仕方ない。

ともかく、髪もていねいに直している余裕はない。手で押えて何とか見られるようにすると、女子トイレを出た。

足早に廊下を進んで行くと、〈雑務課〉という札の出たドアがある。

「——失礼します」

と、ドアを開けて言った。「すみません。お呼びでしたか」

「うん」

雑務課長の木村勇介《ゆうすけ》は、机から顔を上げて、

「あ、いや。急ぐわけじゃなかったんだ。もし……」

「いえ、大丈夫です。何か？」

「本当に？」

と、木村が訊く。

有川恵子はちょっと目を伏せて、

「仕事していた方が、気も紛れますし」

と言った。

「うん。——そうかな。そうかもしれないね」

木村は椅子《いす》を手で示して、「まあ、かけたまえ」

「はい」

と、椅子にかけ、「ご心配かけてすみません」

「君と、殺された平田君が恋人同士だったことは、僕以外にも誰か知ってるのかい?」

木村勇介は二十九歳。少し額が禿《は》げ上っているが、それを除けば若々しい。ワイシャツにネクタイをきちんとしめて、見た目は爽《さわ》やかである。二枚目というわけではないにしても、やさしい顔立ちをしていた。

「いえ……。たぶん誰も知らないと思います」

「そう。君が——少し休みでも取りたいかもしれないと思ってね。でも、仕事をしている方がいいと言うんだったら……」

「はい。大丈夫です」

「そうか。それじゃ——去年のパーティの名札とリボンを、倉庫から出しといてくれないか。買い直さなきゃいけないものなら、もう手配しないとね」

「分りました」

恵子は立ち上って、「じゃ、すぐに見て来ます」

と、木村の部屋を出た。

総務へ行って、鍵《かぎ》をもらうと倉庫へと向う。倉庫は地下の二階。

ほとんど女の子などは行かない所である。

エレベーターに乗って〈B2〉を押すと、一緒に乗った子が、

「あら、倉庫？　珍しい」

「そうね。私も久しぶり」

と、恵子は言った。

「気を付けた方がいいわよ。ガードマンが殺されたりしてるし」

恵子はちょっとドキッとしたが、

「そうね」

と言っておいた。

「犯人、捕まらないかしら ね、早く」

「そうね……」

犯人……。彼を殺した犯人。

恵子にとっては、この手で殺してやりたいほど憎い。

正直、木村と話すまでは、休みを取るどころか、会社を辞めようかとさえ思っていた。

平田のいないこのビルになんか、来たいと思わなかったのだ。

でも――木村と話している内、やはりここで頑張って働こうという気持になったのだ。

「じゃあね」

と、一階でもう一人が降りて行き、恵子は一人で地下二階へと下って行った。

木村勇介はちょっと社内でも不思議な存在だった。何しろ、〈雑務課〉というのは木村一人のために作られた課で、一人も部下はいない。

有川恵子は総務の所属で、同時に木村の唯一の「部下」を兼任しているのだ。

木村がどうしてそんな妙な立場なのか、恵子も知らなかったし、社内でもあれこれ噂はあったが、本当のことは誰も知らない。〈雑務課〉として一部屋あるが、いつもは木村一人。もう一つの机は、何か仕事があるときに恵子が使っている。

当然、本来なら総務で担当する仕事の一部が〈雑務課〉に回ってくるわけで、その名の通り、正に「雑用専門」。

木村は、しかし、特別不満そうな様子も見せずに働いていた。

――エレベーターが地下二階に着く。

細い廊下があって、それを抜けると地下の駐車場。その手前に、倉庫のドアがある。

恵子は鍵をあけて、倉庫の中へ入った。ひやっとした空気が頬《ほお》に触れる。明りを点けると、天井まで届く棚がズラッと並んでいて、ファイルだの段ボールだので一杯になっている。

パーティの名札とリボン……。

「どこだったかしら？」

と、呟《つぶや》いて、恵子はため息をついた。

恵子は高卒でこの〈K自動車〉へ入ったので、三年めの今、二十一歳。

去年も確かこの倉庫の中で、名札とリボンを捜し回った記憶がある。全社員が出席する大きな年一回のパーティで、胸につける名札と色別のリボンのことである。

もちろん大変な数なので、全部取り換えるとなると、費用も手間もかかる。できることなら、去年のをそのまま使いたい、というのが上の方の考えだろう。

倉庫の中をザッと見て回るだけでも、楽ではない。

それでもここにいると完全に一人になれるので少し気は楽だった。それに――一度、平田とここで会ったこともある。

少し湿っぽくて埃《ほこり》っぽくもあるが、二人はキスを交わした。

外で会っていても、それから先へは行ったことのない二人で、よく一緒に、

「高校生だって、もっと進んでるよね」

と笑ったものだ。

二人の笑い声がこの大きな倉庫の中に響いて……。そう。まだ彼の笑い声が漂っているかのようだ。

その平田が死んだ。——どうして？　あんなに若くて、元気で、未来を楽しみにしていたのに……。

どうしてあの人が死ななくてはいけなかったの？

そう考えると、また涙が出て来てしまう。——いけない。今は仕事。仕事のことを考えよう。

涙がこぼれないように顔を上に向けた恵子は、そのちょうど真上の棚の高い所に、〈リボン・名札〉とサインペンで書かれた大きな段ボールを見付けたのだ。

まるでそれは平田が恵子に、

「ここにあるよ」

と、教えてくれてでもいるかのようだった。

しかし、そう簡単には取れない。何しろ、天井の高さすれすれの位置である。

どうしてもだめなときは、誰か男の人の手を借りよう。でも、一応はやってみなければ。

恵子は、倉庫の壁に立てかけてある脚立の一番高いものを運んで来ると、その棚の前にしっかりと据えた。上ってみると、何とか段ボールに手が届く。

中は大して重いものではない。

「よいしょ……」

と段ボールを引張り出して、両手で抱えると――。

段ボールの上にのっていた物がスルッと滑って床に落ち、カーンと金属的な音をたてた。何だろう？

下を見るような余裕はない。恵子は、足下が見えないので、ゆっくりと用心しながら、段ボールを抱えたまま脚立を下りた。

フーッと息をついて床に段ボールを下ろし、さっき落ちた物は、と見回して……。

二メートルほど離れた所に、それは落ちていた。

恵子は目を疑った。——歩み寄り、かがみ込んで、まじまじと見つめる。まるでそれが生きもので、触るとかみつくかというように、手で触れることもできず、こわごわ眺めるばかり……。

でも、自分の目は確かだった。そしてそれが拳銃であることも、確かだったのである。

「やあ、見付けたかい?」

と、木村が机から顔を上げて言った。

「はい」

恵子は台車を押して来て、「段ボール三つ分です」

「そりゃ大変だったな。見付けてさえくれたら、僕が下ろしに行ったのに」

と、木村は立って来て、「——どう? 使えそうかい?」

「たぶん。名札の方が、いくらか壊れてるのがあります。きちんとピンで止めない人もいますから」

と、一つの蓋《ふた》を開けて言った。

「そうか……。うちもケチだよな。こんな物、毎年買い替えりゃいいのに」

「そうですね。社長さんにそう言います？」

恵子に言われて木村はちょっと笑った。

「言うときは君に頼もうかな。その方が迫力ありそうだ」

「まあひどい」

と、恵子は笑った。「――どこへ置いておきましょうか」

「うん、そうだね。会議室のどれか空いてる所へ。後で部長に見てもらうよ」

「はい」

「あ、僕が運ぶからいい」

「いえ、私、やります」

と言い合って、台車の把手《とって》をつかむ二人の手が、束《つか》の間《ま》触れた。

「あ、失礼」

と、木村はあわてて引っ込め、「――ごめん」

「いいんです」

恵子は、胸が熱くなった。「私、やりますから」

そこへ、社長室の秘書の女性がやって来て、

「木村課長。社長がお呼びです」

「僕を?」

「その後、部課長全員大会議室に、と。——あの事件のことらしいです」

「分った」

と、木村は肯いて、「じゃ、有川君、悪いけど頼むよ」

「はい」

恵子は台車を押して行った。

途中、女子のロッカールームの前を通る。台車を止め、チラッと周囲を見回すと、恵子は段ボールの一つから、布でくるんだ重いものを取り出した。

そしてロッカールームに入って自分のロッカーを開けると、それを中へしまう。

とんでもないことだ。よく分っている。

段ボールの上は埃が積っていた。あの拳銃はきれいに拭いてあった。

それはごく最近——ということは、たぶん間違いなく平田を撃つのに使われた銃だということである。

それを見付けて、警察へ届けるのでなく、自分のロッカーへしまい込むなんて！

でも――でも、恵子はそうせずにいられなかったのだ。理屈ではない。

弾丸が六発残っているのも確かめた。――恵子は、自分の手で犯人を罰してやりたかった。

平田の味わった痛みを、犯人にも与えてやらなくては気がすまないのである。

もちろん、無茶は承知の上だ。

でも、ともかく――その拳銃は恵子のロッカーへ納まった。

ロッカールームを出ると、何だかえらく元気の良さそうな女性が、当惑した様子で立っている。

「あの――何か？」

と、声をかけると、

「あ、ごめんなさい。ここのフロアに大会議室ってある？」

と、その女性は訊いた。

「はい。私もそっちの方へ行きますから」

と、台車を押して、「どうぞ」

「ありがとう。──広いのね、このビル！」

と、その女性は首を振って、「よく迷子にならないわね」

面白い人、と恵子は思った。

きっと速記の人だわ。──そういう点、恵子はいい勘をしている。

「その正面の両開きのドアがそうです」

と、恵子は言った。

「ありがとう。あなた……」

「私は総務の者です」

「そう。社長さんにね、私が来たって伝えてくれる？」

「は？」

と、恵子は目を丸くした。

「警視庁捜査一課の今野真弓。そう言ってくれれば分るわ」

恵子は一瞬ドキッとした。

「はい……。すぐにお伝えします」

と戻りかけると、ちょうど社長の秘書がやって来るのが見えた。

「あ、こちら警視庁の方」

「あら。失礼しました。下の受付にすぐご案内するように言っておいたんですけど。

——社長室へどうぞ。加賀がお話したいと申しております」

「ありがとう」

と行きかけて、その女刑事は恵子の方を振り返り、「どうも」

と会釈した。

恵子は、黙って頭を下げると、じっとその後ろ姿を見送った。

——まだ心臓はドキドキと高鳴っていた……。

4　秘　密

「今の方、何ておっしゃるんですか?」

と、真弓は歩きながら秘書の女性に訊いた。

「はあ?」

と、いかにも「秘書然」としたスーツ姿の女性は振り返って、「今の子ですか?

——ええと……。総務の人です。何ていったかしら。すみません。全部の社員は憶えていられませんので」

「そうですか」

真弓は肯いて、「でも、目に力がありましたよ」

「は？」

「きっと出世するんじゃないかしら」

「そ、そうでしょうか」

と、秘書が戸惑っている。「——こちらです。お待ち下さい」

秘書がドアをノックする前に、

「お前は俺に逆らうのか！」

と、凄い怒鳴り声がドア越しに聞こえて来た。

秘書があわてて少し強めにノックする。

「——入れ」

と、不機嫌な声がして、

「失礼します。あの——警察の方がおみえです」

「おお、これは失礼。どうぞお入り下さい」

打って変った愛想の良さ。——真弓が入って行くと、その白髪の初老の紳士は目を丸くして、

「女の方ですか！　いや結構。どの世界も女性が進出するのはいいことです」

「捜査一課、今野真弓です」

と、素気《そっけ》なく言って、「お邪魔でした？」

広さはそれほどでもないが、窓のない、ちょっと薄暗い感じの部屋である。正面の大きなデスクが社長の加賀のもの、そしてその前の椅子にはワイシャツ姿の若い男が座っていた。

「もう戻っていい」

と、加賀は男に言った。「——私が社長の加賀佐治郎《さじろう》です」

「こちらの方が社長さんかと思いましたわ」

と、真弓は若い男の方を向いて言った。

「いやいや、ご冗談を」

と、加賀佐治郎が笑う。「これは課長の木村といいます」

「木村勇介です。雑務課長という窓際にいますので、ご用の折は」

真面目くさった顔で言って、出て行く。

「――まあどうぞ」

と、加賀は傍のソファに真弓を促した。「この度はご迷惑をおかけして」

「仕事ですから、これが」

真弓は手帳を取り出し、「それで――盗まれた物は何と何でしたか?」

「は……。むだのない方ですな」

と、加賀が詰《なじ》った様子で言う。

「お天気の話なんかしている暇はないんですの。その間にも、人殺しが大手を振って歩き回っています。逮捕が一日遅れたために、次の犠牲者が出ることだってあり得るんですから」

「はあ……」

加賀は咳払《せきばら》いして、「ま、その点は私どもとして充分に……。しかし、何といいましても殺された人には気の毒だが、うちの社員というわけではありません。私どもとしては、今回の事件で何か秘密にしなくてはならないことがあるのか、と疑われるのが甚だ迷惑で――」

「何がおっしゃりたいんですか?」

と、真弓は遮った。「何が盗まれたのか、それをうかがってるんです」

「何も」

「何も?」

「はあ。調べさせましたが、あそこにしまってあるのは――」

「知っています。私が現場に居合せたんですから。でも、犯人はわざわざ忍び込んで来ておいて、何も盗らずに逃げたとおっしゃるんですか? あの部屋には、休暇、遅刻、早退の届とかが保管されているということでしたけど」

「そうです。そんな物を盗ってどうなります?」

「それは犯人に訊きませんと。それに、私どもは端からどんどん部屋を調べて行きました。犯人は逃れ逃れてあそこへ隠れていたのかもしれません」

「なるほど。しかし、いずれにしろ、我が社には隠しておかなきゃならんようなものはありません。もちろん、企業秘密に類する技術などはありますが、あんな所に置いてはありません」

「そうですか」

と、真弓は平気な顔で肯いて、「では、こちらが自由に捜査したところで、そちらはお困りになるようなことはないわけですね」

加賀はちょっと詰ったが、

「──まあ、それはそうです。しかし、そんなことでお手を煩《わずらわ》すのは──」

「仕事ですから」

と、真弓は言った。「では、社内、自由に歩き回らせていただきます」

「はあ……」

「どなたか、この中を案内して下さる方を一人、選んで下さい」

秘書の女性が入って来て、真弓にメモを渡した。

〈先ほどの女の子は、総務の有川恵子です〉

メモを見て、真弓は、

「この方《かた》がいいわ。総務の有川恵子さん」

と言った。

「失礼……します」

と、ドアが細く開いて、有川恵子がこわごわ中を覗く。

「入って。——先ほどはどうも」

と、真弓は言った。

「はあ」

応接室の中へ入って来ると、有川恵子は、

「お呼びとうかがいまして」

「課長さんから話があったでしょ？」

「はい。——お手伝いするように、と言われました。でも、私なんかでお役に立てることがあるんでしょうか」

「充分にね。座って」

「はい……」

と、固くなっている様子で腰をおろす。

「このビルの中のことはよく分っているでしょ？」

「はい。総務ですから、雑用係で、どこへでも出入りします」

「そうそう。そういう人が一番いいの。それに出世がどうとかいって、気をつかう必要もないし」

「出世だなんて」

と、恵子は笑って、「初めから数の内に入っていません」

「それこそ人間らしい生き方ってものよ」

と、真弓が言うと、恵子は目を見開いて、

「面白い方ですね」

と言った。

「部下の道田君っていうのが、この間の事件でけがをしてて使えないの。人づかいが荒いけど、勘弁してね」

「はい、どうぞ何でもおっしゃって下さい」

と、恵子は熱心に言った。

「社長に注意された？」

「は？」

「私のしていることを、逐一報告しろ、って。言われたでしょ」

「社長じゃありません。副社長の亮介さんからです」

「ああ、あのデブね」

　恵子がふき出した。

「――でも、どうしてお分りなんですか」

「どこの世界でもね、上司ってのは自分の知らない所で部下が活動してる、ってのが面白くないものなのよ」

　と、真弓は言って立ち上った。「じゃ、ともかく社内をザッと案内して」

「はい」

　二人は応接室を出て、まず営業のセクションを見て回った。

「――のんびりしてるのね」

　と、真弓は言った。

「昼間は、営業の人、ほとんど外を回ってますから。それに、今はどこも課長がいないので、呑気なんです」

「課長は何してるの？」

「社長さんが部課長全部集めてお話を」

真弓が足を止めて、

「——どこでその話を？」

「上の大会議室ですけど」

「そう」

真弓は少し考えて、「ね、その会議の話を聞きたいわ」

「はあ？」

と、恵子が目を丸くする。

「どこか、会議室の話を聞ける所、知らない？」

「そんな……」

「何か秘密があると思うの。あの加賀って社長、何か隠してるわ。そんな顔してる」

恵子は当惑顔で、

「そんなことして、いいんですか？」

と言った。

「いけない？」

「いえ——」

「私の使命はね、殺人犯の逮捕。そのためなら少々大胆なこともやるの。人の命より大切なものはないから。分る？」

恵子はじっと真弓を見つめて、

「はい」

と肯いた。「――大会議室の隣に給湯室があって、結構聞こえるってことです」

「行きましょ」

真弓は、恵子の肩を叩いて言った。

――二人は、その給湯室へ入った。

「音を止めます」

と、恵子は湯沸器の火を消し、換気扇のスイッチを切った。

大分静かになる。――耳を澄すと、確かに話し声が聞こえて来た。

「これ以上は無理ね」

と、真弓は言った。「――どこから聞こえて来るのかしら？」

「あの換気孔だと思います」

と、恵子が天井を指さした。

「そう……。何か椅子のような物、ない？」

「椅子でしたらここに。でも、届きませんよ」

「そうか。――でも、乗ってみるわ」

真弓は椅子に上ると、天井の換気孔に顔を近付けた。

「大分聞こえるわよ。――うん、もう少し何とかして……」

と、真弓が上を向くと――金網のフィルターの向うに人の顔があって、「キャーッ！」

と叫んで椅子から落っこちた。

「今野さん！」

と、あわてて恵子が抱き起す。「大丈夫ですか！」

「お化けが……」

と、真弓が目を白黒させていると、

「誰がお化けだって？」

ガタッとフィルターが外れて、ヒョイと顔を覗かせたのは――。

「あなた！」

「珍しい所で会うな」

淳一が、スルリと下りて来て、「——おい、お前、その棚の中へ入ってろ」

「え？」

「会議室の方で騒いでる。叫び声が向うに聞こえたんだ。見に来るぞ」

「分ったわ。——入れる？」

「何とか入れ」

真弓は、流しの下の空間へ身を縮めて何とか入り込んだ。

「あの——」

と、恵子は言いかけたとたん、淳一に抱き寄せられて、「キャッ！」

「じっとして。——いいね」

「はあ……」

淳一は、足音を聞いて恵子をギュッと抱きしめてキスした。恵子が息をつめる。

「——何だ？」

と、給湯室を覗いた社員が目を丸くして、「有川君か」

「あ、あの……」

と、恵子は言いかけて、

「あ、失礼」

淳一が頭をかいて、「ここにお茶を入れてる者です」

「おい……。びっくりさせんなよ」

と、苦笑して、「そういうことは外でやってくれ。叫び声なんか上げるから、何か
と思ったじゃないか」

「すみません、どうも」

と、淳一が謝る。

「――結構やるじゃないか」

と、その男は恵子に笑いかけて、会議室へ戻って行った。

「――失礼」

と、淳一は言った。

「いえ……」

「――ちょっと。出してよ」

と、真弓の声がした。

「分った。おい、撃つなよ。今のは芝居だからな」

淳一としては、つい念を押したくなる。

「分ってるわよ」

真弓は、出て来て腰を伸すと、「この次やったら射殺するけど」

恵子が啞然としている。

「この人、うちの亭主なの」

と、真弓は紹介した。

「どうも……。あの——天井で何を？」

「うん。埃が積ってると、ついきれいにしたくなるたちでね。おい、聞くか？」

「もちろん！」

真弓は、淳一に押し上げてもらって、早速天井裏へと上った。

這《は》って少し進むと、じきにはっきり声が聞こえてくる。

「許さんぞ」

と、厳しい言葉が聞こえて来た。

あれは社長の加賀佐治郎だ。

「分ってるな。――この件は極秘で処理する。一切口外してはならん。一言でも洩《も》らした者は、この業界で一切働けんようにしてやる」

会議室の中は静まり返っていた……。

5 二人の息子

「父さん……」

と、加賀亮介がドアを開けて覗くと、

「何だ！」

と、加賀佐治郎は急いで電話を置いた。「ノックぐらいしてから入れ！」

「ご、ごめん」

と、亮介は大きな体を小さくして（かなり無理ではあったが）言った。「出直して来ようか？」

「もういい。何だ？」

「あの……例のアメリカの客なんだけど」

「ああ。どうした？　お前に任せたぞ」

「うん。それで——今夜食事することになってるんだけど。どこの店がいいと思う？」

加賀は、ため息をついて、

「それくらい、自分で決められんのか」

と言った。「秘書と相談して決めろ」

「そうする。——ね、父さん」

「うん？」

「あの女の刑事、なかなかいい女だったね」

「そうか？　よく見なかった」

「父さんの好みだと思ったんだけどな」

と、亮介は首をかしげながら、「じゃ——邪魔してごめん」

「おい、亮介」

「はい」

「あの女についてる女の子——何といったかな」

「ああ。ええと……有川恵子じゃなかったかな」

「しっかり言ってあるな、報告しろと」

「うん、ちゃんと言ったよ」

と、亮介は得意げに肯いた。

「よし。もう行け」

亮介は社長室を出て行った。

加賀佐治郎は、深々とため息をついた。

あいつがここの跡継ぎか。――〈K自動車〉は大丈夫だろうか？

加賀は、電話へ手を伸して、ためらった。今電話しても、グチばかりが出てしまいそうである。男として、加賀はそんな所を見せたくなかった。

すると、電話の方が鳴り出した。――かけて来たのかな。

「――はい」

と言うと、

「やあ。元気？」

加賀の顔が少し複雑な動揺を見せた。

「雄治《ゆうじ》か」

「どうしてる?」

と、張りのある声が、「色々大変らしいじゃないの」

「何のことだ?」

「もう業界じゃ噂だよ。次の新車のデザインを盗まれたって。いくらで父さんが買い戻す気かと思ってね」

「噂だろ。下らん。そんなことはない」

と、加賀は笑って、「お前の方こそ、どうなんだ。落ち込みがひどいって話じゃないか?」

「どうかな。それは半年先を見れば分るよ」

と、雄治は言った。「——ね、父さん」

「何だ」

「仕事と別に、ちょっと話したいことがあるんだ。時間、取れないかな」

「ああ。——構わんが、いつだ? 急ぐのか」

「うん、まあね」

「分った。——今夜でもいいぞ。ただ……九時過ぎにはなる」

「うん、分った。どこにいればいい？」

「どうせお前は会社にいるんだろう？　連絡する」

「頼む。待ってるよ」

雄治が電話を切ろうとして、「——おい、それはもう一度……」

とそばの誰かに言っているのが聞こえた。

加賀は、ちょっと首を振って受話器を置いた。

ドアをノックして、

「よろしいですか」

と、女の声がした。

加賀が急いで立って行くと、自分でドアを開ける。

「来たのか」

「だって……。急に電話を切るんですもの」

と、中へ入って、中田今日子《なかたきょうこ》は言った。「どうかなさったの？」

「いや、亮介の奴が勝手に入って来たんだ」

加賀は、ちょっと外を覗いて、「誰もいなかったか？」

「ええ。だから来たのよ」

加賀は、中田今日子の、若々しい、しなやかな体を抱きしめた。

「――どうしたの？」

K自動車の制服を着た、二十八歳の中田今日子は、このビルの隣にあるショールームのコンパニオンである。

入社して二年日から、そのスタイルと可愛《かわい》らしさを買われてショールームで働いている。当然、加賀の目もひかれた、というわけである。

「どうした、って何がだ？」

と、加賀は、ソファに座って言った。

「何かあったのね。分るわ」

「おい……」

「もう四年のお付合よ。あなたの気持がふさいでるときは、ピンと来るの」

「そうか」

加賀は今日子を抱き寄せた。「――いつもの心配さ。俺の後、この〈K自動車〉がどうなるか……」

「また？　まだ当分は大丈夫よ」

「そう言ってくれるのは嬉《うれ》しいが、息子といえば亮介だけ。あれを今社長にしたら、一カ月ともたん」

「悪い人じゃないと思うけど」

「経営者にゃ向かん。あいつも分ってるんだ」

「そうね。でも……仕方ないでしょ？　それでなきゃ、雄治さんを呼び戻すしかない」

「あいつは戻らん」

と、加賀は言った。「そういう奴《やつ》だ」

長男の雄治は、父親に反抗して大学を中退し、家を飛び出して、何と〈K自動車〉のライバル、〈S自動車〉に入社した。

そして天性の素質があったのだろう、今や〈S自動車〉の営業部の次長。四十一歳という若さで、今年中には部長になるのが確実と言われている。

確かに、今の加賀にとって、雄治が戻って来てくれたらというのは夢だった。だが――雄治の性格からいって、そんな可能性がまずないことも、承知していた。

「可哀そうに」

と、今日子は白い指先でそっと加賀の額をなでた。「髪、ずいぶん白くなったわ」

「もう六十五だぞ」

「でも、知り合ったころは、もっと黒々としてた」

今日子は、加賀に軽くキスして、「一人で何でもしょい込まないのよ。疲れるわ」

と言った。

加賀からすれば、娘といっても若すぎるような今日子に意見されるのがくすぐったく、快い。

「おい、今夜は――」

「私はいいけど……。構わないの？　大変なんでしょ」

「だからこそ、お前に会わなきゃな」

「そうね」

と、今日子はもう一度キスして、「もう行くわ。誰か来ると困るでしょ」

「ああ。じゃ、いつもの通りにな」

「ええ」

今日子はニッコリ笑って、足早に社長室を出て行った。

「――今日子」

と、加賀は呟いた。

もちろん、加賀にも妻がある。この数年、具合が悪くて入退院をくり返しているが、それだけに、今日子との間は今以上に変りようもなかった。

しかし……。

加賀の額に深いしわが刻まれた。――今日子には見せない、企業人の顔だった。


「道田君はまだ見付からないのか」

と、淳一は言った。

「ええ。――もう死んじゃったのかもしれないわ。三輪車にでもひかれて」

と、真弓はワインを飲んで、「おいしいわね」

「おい……。ここの費用を仕事につけるのか？」

と、淳一はいささか気がひける様子で、高級フランス料理店の中を見回した。

「大丈夫よ。何しろ天下の〈K自動車〉の捜査ですからね。やっぱり向うに馬鹿にされないためにも、一流の店で夕食ぐらいとらないと」

真弓の理屈がよそで通用するとは思えなかったが、淳一は、まあいいか、と思い直した。文句を言われたら、淳一が払えばすむことである。

「道田君にも困ったもんね。仕事をさぼって」

「さぼってる、と言っちゃ可哀そうだぜ」

「でも、こっちは不便よ。あの、有川恵子って子はとっても役に立つけど、道田君ほどこき使うわけにいかないし」

「当り前だ。K自動車が給料を払ってるんだぞ」

「ね、ワイン、もう一本頼む？」

淳一は、しかしそのとき店に入って来た客を見て、

「おい、どこかで見た顔じゃないか」

と言った。

「え？」

振り向いた真弓は、「あら、本当。副社長だわ、あそこの」

「どうやら接待らしいな」

加賀亮介が、部下と一緒に、外国人を二人連れて入って来たのである。

淳一たちのテーブルは奥だったので、向うは全く気付かない。

「そう言えば、アメリカのお客がどうとか言ってたわ」

「ふーん」

と、淳一は肯いて、「しかし……」

「何を考えてるの？」

「あのアメリカ人、どこかで見たことがあるような気がする」

「へえ。留学でもしてたの、あなた？」

「どうも、あんまりいい記憶じゃないようだな」

亮介たちは、シャンパンで乾杯し、にぎやかにやり始めた。亮介は、もちろん英語がだめ。一緒にいる部下が通訳をつとめていた。

「――おいしかった」

と、真弓は食事を終えて、すっかりいい気分。「眠くなっちゃった」

「真弓。――眠気ざましに尾行でもするか」

と、淳一が言った。

「え？　誰を？　あなたを尾行するの？」

「俺を尾行してどうする。——あのご一行様だよ」

「加賀のデブ介？」

「話の中身、どうもおかしい」

「おかしいって？」

「あのアメリカ人の言ってることはでたらめだ。あいつはどうも怪しいな」

「怪しいって……」

と、真弓が振り向く。「どういうこと？」

「それを確かめに、尾行しようってんじゃないか」

「はいはい」

と、真弓は肯いて、「じゃ、どうせ暇だし、尾行でもしましょうか」

刑事が、「暇だから」もないものである。

先に食べ終えた淳一と真弓は、レストランを出て、あの一行が出てくるのを待った。

車は淳一が運転することにした。ワインは飲んだが、真弓がついているから安心である。

「――少しさめて来た」

と、真弓は息をついて、「あの亮介が怪しい？　逮捕しようかしら」

「よせよ。まだこれからだ」

と、淳一は言った。「――どうも気になるな」

「何が？　私のこと？――あ、そうだ！　あなたあの子にキスして、心移りしたんじゃないでしょうね！」

「落ちつけ。あの車だ」

「車？」

道の先に、車が一台停っている。

「――あの車がどうしたの？」

「人が乗ってる。とてもそんな場所じゃないのにな」

「ラブシーンでもやってるんじゃない？」

「いや、そうじゃない。――エンジンをかけたぞ」

淳一はちょっと眉《まゆ》を寄せて、「どうやら、あの車も『人待ち』らしいな。――おい、車を頼む」

「どうするの？」

「外へ出てる」

淳一が車を出て、暗がりへ身を潜めると、ハイヤーが一台やって来てレストランの前に停った。

五分ほどすると、レストランからあのアメリカ人と、亮介たちが出て来た。

「サンキュー、サンキュー」

と、亮介がひたすらくり返し、二人のアメリカ人と握手をしてハイヤーへ乗せた。

「グッバイ！　サンキュー、バイバイ」

と、亮介が手を振ると、ハイヤーはアメリカ人二人を乗せて走り出した。

ハイヤーを見送った亮介は、

「――くたびれた！」

と息をついた。「おい、ちゃんと通訳したか？」

「はあ、そのつもりです」

と、部下が言った。

「じゃ、話の中身も憶えてるな」

「俺はくたびれて全部忘れた。――後でまとめといてくれ」

「は？」

「副社長……」

と、部下が呆気《あっけ》に取られている。

「俺は、どこかのバーで一杯やって帰る！　ああ、おでんが食いたい！」

と、フラフラ歩き出し、部下の方は支払いがあるのだろう。レストランの中へ戻って行った。

亮介が、いい加減、ワインに酔った足どりで歩いて行くと……。あの車がゆっくりと動き出した。

ちょうど出くわす方向である。――亮介は、もちろん、車がよけてくれると思っているので、道の片側へ寄って歩いて行った。

突然、車がスピードを上げ、亮介へと突っ込んで行く。亮介は棒立ちになった。

次の瞬間、車がポンと何かをはねた。同時にフロントガラスに泥水のようなものがかかる。

真弓は呆気に取られて、車が走り去るのを見送ると、あわてて車を出た。

急いで亮介の方へ駆け寄ったが——。

「何、この匂《にお》い？」

と、顔をしかめた。

「こっちだ」

と、淳一が現われた。「ここにのびてるよ」

見れば、亮介が道に引っくり返っている。

「救急車呼ばないと！　はねられたんでしょ？」

「いや、俺がとっさに引張った」

「でも——あの車、何かをはねたわよ」

「ゴミの袋さ」

「ゴミ？——じゃ、生ゴミの匂い？」

「ああ。身替りにしちゃ、ちょっとフニャフニャだったかな。はねると同時に中身がフロントガラスを覆ったから、何があったか、分らないだろう」

と、淳一は言って、「さて、この副社長さんを放ってもおけないだろ」

「水でもかける？　また記憶を失っちゃうかしら」

と、真弓は言って、亮介を見下ろしたが、「——気持良さそうに寝てるわね」

と、感心するように言った。

「しかし、誰かがこの副社長を狙ったわけだな」

「こんな人を？　大物だったのかしら、狙われるほどの」

「大物でなくても、狙われる理由がありゃ狙われるさ」

淳一は、至って当然のことを言ったのだった……。

6　居残った同士

「お疲れ様」

と、声をかけ合って帰り支度。

もちろん、中田今日子もそうである。でも——よく普通の事務の社員からは、

「いいなあ、ショールームは時間が来りゃ閉めるんだろ」

と言われるし、女の子からも、

「きれいにして立ってりゃいいんだから、楽よね」

と、皮肉られたりもする。

今日子は、ショールームの中を見て回りながら、フッと息をついた。

もちろん、「見た目」も華やかでなくては、という点は生れつきかもしれない。でも、一日中、この制服――デザイン優先だから、決して動きやすくはない――に身を包んでいるのは楽じゃない。

しかも、灰皿をきれいにすることから、大切なお客の接待。中には専門的なことを細々《こまごま》と訊いてくる客もいるが、ある程度のことは答えられなくてはならない。

車の故障を直せと飛び込んで来る人もいるし、一日中、じっと座ってパンフレットを眺めている変な人もいる。

――これで結構大変な仕事なのである。

腕時計を見る。

加賀社長との約束は十時。――ずいぶん時間がある。明日も朝八時にはここへ来なくてはいけないし、寝不足の顔ではすぐ同僚にばれるので、そう遅くまでは付合えない。

それに……。

今日子は、大分照明を落としたショールームの中を眺めていたが、ふと思い付いてデスクへと戻った。

まだ残っているかしら？――電話してみるのも、少々ためらいがち。

「――もしもし、――あ、いたのね」

と、今日子はホッとした声になる。「忙しいんでしょ。ごめんなさい。――え？　いえ、何でもないの。ここんとこ、会う時間がとれないみたいだから、声が聞きたくて。――え？　そうね。今夜は用があって。――違うわよ。大学のときの友だちと飲むの。――女の子よ、馬鹿ね。フフ。――ええ、その内、あなたの休みが取れたらね。――ええ、待ってるわ。じゃあ……」

今日子は、電話を切って、ため息をつく。――重苦しい気分で立ち上ると、大きく深呼吸をして、

「出るか」

と、呟く。

この中で待っていても仕方ない。どこかで軽く食事しておこう。十時まで何も食べないんじゃ、お腹《なか》が鳴ってしまいそう。

ショールームの中を歩きながら、今日子は小さく欠伸をした。

「ウーン……」

今日子は足を止めた。

今の……私の声じゃないわよね。

いくら何でも、あんな生気のない声出さない！　今日子はキョロキョロと辺りを見回した。

「アーア」

ゴツン、と音がして……。置いてある〈K自動車〉の新車の中で、人影が動くのが見えた。

びっくりして駆け寄ると、ドアを開ける。

「ワッ！」

ドアにもたれていたその男、ドアが開いて危うく落っこちそうになった。目は覚めたようで、

「危いじゃないですか、急に開けて」

「何ですって？」

と、今日子は呆《あき》れて、「あのね、これはショールームの車なんです。休憩所じゃないんですよ」

「ショールーム……」

男は目をパチクリさせて、「ああ……。そうか。でも、どうして僕はここにいるんです？」

「知りませんよ、そんなこと」

「ここは……〈K自動車〉か。そうですね」

「ともかく、すぐ出てって下さい。ガードマンを呼びますよ。それとも、警察を呼んでほしい？」

とにらむと、

「いや、警察なら、ここにいます」

と、男は言った。

「え？」

「警視庁の道田といいます。いや——そういう名前だそうです」

「人をからかってるんですか？」

「そうじゃないんです！」

と、身分証を見せる。「――ほらね」

「へえ……。本物の刑事さん？」

「ええ。でも、何も憶えてないんです」

「ああ！　じゃ、あの平田さんが殺されたとき、一緒にいた人？　話はうかがってますけど」

「いや、全くね……。殺人犯を見ときながら、何もかも忘れちまうというのも……」

「でも、何してらっしゃるんですか、ここで？」

「〈K自動車〉の中で一晩過したら、何か思い出すかもしれないと思ったんです。早く思い出さないと、犯人がまた事件を起さないとも限りませんから」

「道田さん……でしたね」

「はあ。――そう呼ばれてます。今野真弓さんという先輩に迷惑をかけているようなので心苦しくて……。何とかして手がかりを、と思い……」

道田の目は真剣そのものだった。

今日子は、何だか胸が熱くなってくるのを覚えた。

「真面目な方なんですね」

と、今日子は言った。

「どうも、そうらしいです」

と、道田は肯いて、「真弓さんの話では、それだけが取り柄だそうで」

今日子は笑ってしまった。

「——しかし、車の中で眠っちまうなんて、何してるんだろうな」

と、道田はため息をついた。「もう出ますから。お代は?」

「あのね、ホテルじゃありませんから、ここ」

と、今日子は言った。「これからどうするんですか?」

「いや……。本当は一晩ずっとこのビルの中にいるつもりだったんですけどね。——あなたに見付かっちゃったし」

今日子は、大して迷わなかった。たとえ少しおかしくても、この刑事の誠実さは信じられた。

「私、もう少し時間があるんです。この後デートなんですけど、会う約束の時間、遅いので、お付合いしてもいいですわ」

「僕と？　でも――」

「大丈夫、この会社、まだ沢山人が残ってますから。私が一緒にいれば、みんなどこかよその課の人かと思いますよ」

「そうですか。――一人で歩き回ったら、怪しまれるだろうなと思って、どうしたもんかと思ってたんです」

「どこか、行きたい所ってあります？」

「現場です」

「ああ、〈資料室〉ね。お安いご用。私も、ショールームに置く資料とか、よく取りに行きますから。じゃ、行きましょう」

今日子は、ショールームを道田と一緒に出ると、しっかりロックした。

エレベーターで上って行くと、途中で一旦《いったん》停って、木村勇介が乗って来た。

「やあ、中田君」

「あ、課長。――何階ですか」

「うん、十二階。君、残業かい？」

「いえ、ちょっと時間があるんで資料の整理を」

と、今日子は言った。

「その人……新人？」

と、木村が道田を見て訊いた。

「あ、ええ……。今、見習いをしてるんです。ショールームにも女性客がふえてますから、男性コンパニオンも置こうか、ってことで」

「なるほどね。――ご苦労さん」

十二階で、木村は降りて行った。

「――変だわ。木村課長、十二階なんて用ないはずなのに」

と、今日子は首をかしげた。

「課長さんですか」

「ええ、一人きりの課なの。おかしいでしょ？　何か事情があるんだろうって、みんなで噂してて……。あ、十七階です」

道田は、十七階でエレベーターを降りようとして、ためらった。

「どうかしました？」

「いや……。何だか――めまいがして」

と頭を振って、「大丈夫です」

「事件のあったのは、奥の方の部屋ですね」

と、廊下を歩きながら、「――あんな所から、何を盗もうとしてたのかしら」

「分りませんね」

道田は、左右を見ながら、「思い出せないなあ……」

「焦《あせ》らないことですよ」

と、今日子は言った。「きっと、その内何かのきっかけで……。あ、この部屋ですね、確か」

「開くわ。――入ってみます？」

今日子はドアを開けてみた。

「ええ」

道田は少し青ざめていた。

「大丈夫？」

「そのために来たんですから。――大丈夫です」

道田は中へ入った。「たぶん……この辺に倒れてたんだな」

今日子が明りを点けて、

「私も、あんまりこの部屋は入ったことないんですけど……。総務の人だけですね、用があるの」

と中を見回した。

「中を歩いてみても？」

「ええ、もちろん」

二人は、天井まで届く棚の間を、ゆっくりと歩き出した。

「――不思議ですね」

と、今日子が言った。「大学生のころのこと、思い出したわ」

「大学生？」

「ええ。――図書館の中を歩いたこと」

と、今日子は微笑した。

「勉強家だったんですね」

「そうじゃないんです」

「というと？」

「好きだった子がいて――、一年下の男の子だったんですけど。大学の中でしか会えなかったんです。バイトで忙しくて、その子。学費、自分で稼いでましたから」

今日子は、ふと足を止めて棚にもたれかかった。

「それで？」

「大学の中で会うっていっても、ゆっくり会える所なんてないでしょ？　そこで――図書館の中。ほとんど今の大学生、利用しないし、特に、棚の奥の方まで調べものに来る子なんてまずいなかったから――」

「はあ」

「こんな風に書棚が周りを遮ってくれて――。私たち……こうして――」

今日子は、何となく道田を見た。そして、何となく、という感じで道田を抱き寄せてキスしていた。

「――ごめんなさい」

と、今日子は離れて、「刑事さんに、こんなことして」

「いや……。僕はいいけど――」

「あなたが、何となくそのときの子に似てるみたいで」

と、今日子は道田の顔を覗き込むようにして言った。

「その人とは?」

「ええ……。大学を出たとき、彼は故郷へ帰って、家の商売を継ぐって。私に、ついて来てくれないか、って言ったんですけど。私は東京のOL生活を捨てる気になれなくて」

「そうですか」

「どっちが良かったのかな、って思いますわ時々」

今日子は、軽く息をついて、「ごめんなさい。妙なことばっかり言って」

「いや……。でも、あなたはまだ若いじゃありませんか。僕みたいに、一切忘れちゃったと思えば、やり直せますよ」

「忘れちゃった、か……。そうですね。そうかもしれない」

忘れることってすてきなことかもしれない、と今日子は思った。

「――いいんですか、時間?」

と、道田が訊く。

「ええ。でも――そうね。そろそろ行きますわ」

「ありがとう。どうも」

「とんでもない」

今日子は初めて少し頬を赤らめて、「じゃ、私、先に――」

と言いかけたとき、突然明りが消えてしまった。

「――どうしたんだ？」

と、道田が言った。

「きっと誰かが明りを消しちゃったんだわ」

今日子は手探りして道田の手をつかんだ。「大丈夫。棚に沿って行けば。それに廊下の明りが洩れて入って来ますよ」

「そ、そうですね……。どうも、僕は暗い所が苦手だったのかな」

道田の手が少し震えている。

「安心して。大丈夫ですよ」

と、今日子は、空いた右手で棚に触れると、「――さ、こっちへ」

と、ゆっくり歩き出して……。

「何か――匂いが」

二人とも、同時に気付いた。気付かざるを得なかった。

パチパチと音をたてて、棚の書類が燃え上ったのだ。

「火事だ！」

と、道田が叫んだ。「早く出ないと――」

しかし、二人の行く手をふさぐように、火の手が上った。

「大変！　出られないわ！」

今日子はむせて咳込《せきこ》んだ。

「頭を低くして！」

道田が、上着を脱いで今日子の頭にかけてやる。

何しろ紙ばかりなので、たちまち目の前の棚が火の壁となって立ちはだかる。しかも火は天井をなめて前後左右の棚へと燃え移って行った。

「奥へ！――ここじゃ巻き込まれる」

行き場もなく、二人は退《さが》って退って――壁につき当った。

隣の棚の隙間《すきま》へと動いてみるが、もう入口の辺りは火に包まれていた。

「――助からないわ、これじゃ！」

と、今日子が叫んだ。

「しっかりして！」

道田は、自分も咳込みながら、「――あの天井の隅に換気孔がある。僕が肩車しますから、乗って、あそこから這い出すんです」

「そんな……」

「やってみるしかない！　さあ」

二人は、換気孔の下へ来た。道田が腰をかがめて、

「さ、僕の肩にまたがって」

「でも――もし私が出られても、あなたは？」

「僕のことはいいから！」

「そんなこと――」

と、二人がもめていると、

「早くしないと、二人ともむし焼きだよ」

と上から声がした。

換気孔がガタッと外れ、淳一が顔を出した。

「——さ、これにつかまって」

淳一がロープを垂らす。「道田君、彼女の腰に結びつけて」

「大丈夫、上れます」

と、今日子は言った。「登山やってましたから」

「いいぞ！　じゃ、早く！」

今日子がロープをつかんで、道田が下から押し上げる。

炎はどんどん迫って来ていた……。

7　父と子

「何事だ！」

と、車からほとんど飛び出すように降りて来た加賀佐治郎は、〈K自動車〉のビルの前に並んだ消防車を見て叫んだ。

ホースが何本も道に重なり合って、歩くのも大変だった。

ロビーへ入って行くと、何十人もの社員が不安そうに集まっている。

「おい！　どうしたっていうんだ」

と、加賀が怒鳴ると、

「社長！」

と、みんながホッとした様子になる。

「火事か？」

と、加賀は訊いた。「知らせてくれた者がいて、飛んで来た。——どうなってるんだ」

加賀の問いに、はっきり答えられる者はいなかった。加賀が考えていると、

「社長さん」

と、言った者がある。「火は十七階の資料室です」

「君は……」

と、加賀は少し考えて、「そうか。あの刑事についていた……」

「有川恵子です」

「そうだった。——火は？」

「もう消えています。幸い、他のフロアには燃え移りませんでした」

「そうか……」

と、加賀は息をついた。「まあ、不幸中の幸いだな」

と言ってから──有川恵子の視線に気付いた。

「おい君……。もしかして犠牲者が？」

恵子が、ちょっと目を伏せた。

「まだ見付かっていない人が一人……。ここにいるのはビルに残っていた全員です」

「そうか」

と、加賀は見渡して、「──行方が分らないのは、誰なんだ？」

恵子は、加賀を真直ぐに見て、

「中田今日子さんです」

と言った。

加賀がサッと青ざめ、よろけた。

「社長──」

と、何人かの男子社員が駆け寄ろうとしたが、

「来るな！」

　と、加賀は怒鳴って、立ち直ると、「俺の手助けはしても、女の子一人、火の中から救い出すこともできんのか！」

「だめと決まったわけではありません」

　と、恵子は言った。

「ありがとう……。有川君──だったね」

「はい」

「しかし、なぜ……。タバコの火か何かかね」

「いいえ」

　恵子が即座に否定して、「違います」

「すると──」

「火を点けた人がいます。中に人がいたのを知っていて」

「何だと？」

　加賀が唖然とする。そこへ、

「社長」

　と、やって来たのは、木村だった。「びっくりなさったでしょう」

「お前か」

加賀は、ちょっと目をそらして、「何をしてたんだ、こんな時間まで」

「僕もたまには残業しますよ」

と、木村は苦笑した。「大してやる仕事はなくてもね」

「放火もですか」

と、恵子が言った。

木村が面食らった様子で、

「――有川君、何を言い出すんだ？」

「あなたのことを見張っていました、あの女刑事さんに言われて。あなたがあの部屋から何かを持ち出し、そこへ、中田さんと刑事さんが来て、あなたは隠れましたね。二人が中へ入ると、あなたは火を点けて――」

「馬鹿らしい！」

と、木村は言った。「君はどうかしてる」

「それだけじゃありません」

と、恵子は続けて、「スプリンクラーが作動しないように、警報装置の電源まで切った！」

「有川君……。社長、この子は死んだガードマンの恋人だったんです。それでおかしくなっちまったんですよ」

と、木村は言った。「大体、あんな部屋から何を盗むっていうんだ？」

「そうだね」

という声。

固まっていた社員たちがサッと左右に割れると、淳一が現われた。そしてその後ろに、すすに汚れてはいるが、道田と中田今日子が立っていた。

「今日子！」

加賀が思わず叫んだ。「生きてたのか！」

「社長――」

と、今日子があわてて言いかける。

「いや、もういい、みんなに分っても構わん！」

「まあ、その前にこっちのけりをつけましょう」

淳一が進み出て来て、「確かに、あの部屋には盗むほどの値打のものはない。では、なぜあそこにこの木村さんは入り込んだか」

淳一は、加賀を見て、

「正直に言って下さい。新車の、何か重要な情報を盗まれましたね」

加賀は、ちょっとためらって、

「うん……。新車の仕様書だ。社長室の金庫から消えてしまった」

「犯人は、それをあの部屋に隠したのです。——捜査のすんだ後にね。殺人の現場となって、散々捜査された所に隠してあるなどとは誰も思わんでしょう」

「犯人が……?」

加賀は愕然《がくぜん》として、「木村がやったというのか」

「まさか！　僕は——」

「加賀さんの息子。そうですな」

と、淳一が言った。

「——そうだ」

と、加賀が肯く。「以前、私の秘書だった女との間にできた子で……。何とかしてやりたかった。それで——。母親が死んで、そのとき、息子は課長にする、と約束した」

「それで、一人だけの課ができたわけですか」

と、淳一は肯いて、「しかし、当人は、課長で満足しているつもりはなかったようですよ」

「どういうことだ？」

と、加賀が言って、「――亮介！　どうしたんだ？」

加賀亮介が、真弓に支えられてロビーへ入って来た。頭にグルグル包帯を巻いている。

「父さん……。あの……向うの重役って、ニセ者だ！」

「何だと？」

「亮介さんは車でひき殺されるところでしたわ」

と、真弓が言った。「インチキな外国人はもう押えてあります」

それを聞いて、木村の顔がサッと青ざめた。

「言い逃れはできないよ」

淳一が言った。「怪しげな連中と組んで、盗んだ仕様書を今度は買い戻すと言って金を出させる。しかも、副社長が死ねば、自分は正式に社長の息子として認められ、次の社長のポストが転り込む。——そううまくはいかないよ」

「言いがかりだ!」

と、木村は必死に言い張った。

「だめですよ」

と、道田が言った。「火事のショックでね、思い出したんです。ガードマンを撃ったのはあんただった」

木村が冷汗を拭《ぬぐ》って、

「そんな……そんなつもりじゃなかったんだ!」

と、よろけた。

「これが凶器です」

と、有川恵子が言った。

いつの間にか、恵子の手に拳銃があった。

「有川君……」

と、木村は銃口が、自分へ向いているのを見て、「落ちついてくれ!」

「自分で倉庫へ隠して。あの名札やリボンの箱の上だったんですよ。——抜けてるんだから!」

「銃を渡して」

と、真弓が言った。

「いやです」

「でも——」

「あの人の味わった痛みを、この人にも味わってもらうわ!」

恵子が銃を構える。

「やめてくれ!」

木村が、他の社員の方へ駆けて行った。みんながワーッとよける。木村は足を滑らして引っくり返った。

「有川君……。頼む、勘弁してくれ!」

大理石の床に頭をこすりつけんばかりにして、「殺さないでくれ!」

——恵子は、ゆっくりと銃口を下げた。

「殺すほどの値打ちもない人だわ」

と、呟く。

「そうよ」

真弓が、恵子の手から銃を取った。「こんな男、殺して罪になるなんて、馬鹿らしい」

「ええ、でも……彼が可哀そう。こんな男に殺されたのかと思うと……」

恵子の目から、涙がポロリと落ちた。

と、木村が、

「畜生！」

と叫ぶと、パッと駆け出した。

「待て！」

と追ったのは道田だった。

道田が木村へ飛びつく。二人の体は床へ転って、消防ホースから漏れた水で濡《ぬ》れた床の上を、スーッと滑って行った。

「危い」

と、恵子が言った。

正面のガラス扉へ、二人の体がいやというほどの勢いでぶつかった。

ゴーン、という音がして、真弓が、

「鐘が鳴るなり法隆寺、ね」

と、いささか道田には気の毒なことを言った。

二人とものびてしまっているのを、木村は警官に抱えられるようにして連れて行かれて、道田はロビーの奥のソファに寝かされた。

「――道田君、しっかりして！」

と、真弓に頰っぺたを叩かれ、道田はウーンと唸《うな》った。

「おい、せめてキスぐらいしてやれよ。可哀そうに」

「甘やかしちゃいけないのよ」

「あ……」

と、道田が目を開けて、「――真弓さん！」

「どう？　気が付いた？　木村は連行されて行ったわよ。安心して」

道田は不思議そうに、

「木村って……誰です？」

と言った。

「道田君！　どうしよう！　また記憶が――」

「大丈夫」

と、淳一が言った。「ちゃんと、これで戻ったのさ」

「え？」

「あのガラス扉にぶつかったおかげだな」

真弓は呆れて、

「じゃ、さっき木村のことを思い出したって言ったのは……」

「あれがはったりさ。――ま、これで木村の顔を見りゃ、犯人だってことは思い出すだろう」

「真弓さん……。僕は一体どうしてたんですか？」

と、道田は言った。「何だか……ずいぶん長く眠ってたみたいですけど」

「そうね」

と、真弓は言った。「もう一回眠る？　その方がいい子でいられるみたいよ」

加賀は、マンションへ戻ると、大きく伸びをした。

「——休んだ方がいいわ」

と、今日子が言った。

「うん……」

加賀は、ソファに、ぐったりと座り込むと、

「今日子。——ここへ来てくれ」

「ええ」

今日子を傍に、加賀はそっと抱き寄せると、

「俺のやって来たことは何だったんだろう？　あんな息子を育てただけか」

「自分を責めないで」

「勇介、亮介……。どっちも、会社など任せられん」

「そうね。でも——」

「今夜はもう考えたくない」

と、加賀は今日子を抱きしめたが——。

人の気配に、パッと体を起し、

「雄治！」

居間の入口に、雄治が立っていた。

「父さん……」

「悪かった。大変だったんだ、会社でな。火事になりかけて……。話はまた今度にしよう。今夜は疲れてる」

「父さん」

と、雄治は言った。「僕の用は簡単さ。結婚するんだ」

加賀は、目をパチクリさせて、

「――そうか！　そりゃいい。お前も、いつまでも独りじゃいかんと思ってた」

と、息子の肩を叩いて、「で、相手はどんな子だ？」

「そこにいるよ」

加賀は、ゆっくりと今日子の方を振り向いた。

「――いつか、話そうと思ってたの」

と、今日子は言った。「決して、どっちも騙《だま》すつもりじゃなかったの。社長さんとは、ずいぶん長いし、私のこと、とても頼りにされてるから、別れたいとも言い出しにくくって……」

「今日子……」

「でも、どうせ結婚できないし、誰か——。そう迷ってるとき、たまたまショールームへ来た人とお付合してみて……。まさかあなたの息子さんだなんて思わなかった！分っても、そうは言い出せなくて」

今日子はうなだれて、「——ごめんなさい」

と言った。

父と息子は、ソファに座った今日子を間に、じっと向き合っていたが、

「——雄治」

「何だい？」

「会社はお前が継いでくれ。俺はもう疲れたんだ」

「だから？」

「今日子は俺に譲ってくれ」

雄治は、ちょっと笑って、

「父さん。もう時代が違うんだ。会社を息子に継がせようっていうのが間違いさ。僕

は自分の好きなように生きていく」

「しかし——」

「今日子は僕のものだ！」

「お前にはやらん！」

二人はにらみ合った。

今日子は、少し青ざめて、ゆっくりと立ち上った。

「——帰ります」

「今日子」

と、加賀が言いかける。

「何も言わないで下さい。——今日はもう、これで……」

二人の男は、居間に突っ立ったまま、女が出て行く足音を聞いていた。

たぶん、もう戻って来ないだろうと、どちらにも分っていたのだ……。

エピローグ

「車が一台？」

と、淳一が言った。「何のことだ？」

「〈K自動車〉からね、新車が一台うちの課にもらえることになったの」

と、真弓は言って、〈K自動車〉のビルを見上げた。

「そういえば、ビル荒しも、やっと捕まったらしいじゃないか」

「そうね、私たちも苦労のかいがあったわ」

――珍しく、二人とも昼日中から、外出している。

よく晴れた爽やかな日で、〈K自動車〉のビルからは忙しく人が出入りしている。

「――加賀社長が退陣って新聞に載っていたな」

「そうそう。次の社長は一族じゃないのね」

「それが当り前だ。血をひいてても、能力は別さ。泥棒の子が泥棒に向いてるとは思えないからな」

ビルから出てきたのは、中田今日子だった。普通のスーツに、大きな紙袋をさげている。

と、真弓は言った。

「あら」

「……今野さん」

と、気付いて立ち止る。「その節はお世話に……」

「どこかへお出かけ？」

「いえ……。辞めるんです」

と、今日子は目を伏せた。

「あら、そうなの」

「ちょうど社長さんも辞められるし、いい機会ですから」

「そう……。じゃ、結婚でも？」

「いいえ。とりあえず故郷へ帰って、のんびりします」

と、今日子は微笑《ほほえ》んだ。

「それがいい。自分をもう一度じっくり見直すのも悪くないよ」

と、淳一が言った。

「はい。――それじゃ」

と会釈して行きかけると、ちょうど道田がせかせかとやって来た。

すれ違おうとして、二人は足を止めて、

「――今日は」

と、今日子が言った。

「は。――どうも」

「資料室では、失礼なことを」

「は？」

「いえ、何でも……。それじゃ」

「どうも……」

道田は、ちょっと寂しげなその女の後ろ姿を見送っていたが、やがて肩をすくめて、

「真弓さん！」

と、駆けて行った。

「道田君。どうしたの？」

「課長が倒れて」

「ええ？」

真弓が目を丸くする。「どうしたの？　食べ過ぎ？」

「もうちょっと何か思い付かないのか」

と、淳一が言った。

「いえ、それが……」

「何なの？」

「請求書を見て、倒れたんです。このビルのガラス代、五百万円の……」

真弓は、ちょっと黙ってビルの方へ目をやってから、淳一の方へ小声で言った。

「あなた！　どこかから、ガラス一枚盗んで来てくれない？」

本書は１９９６年９月徳間文庫として刊行されたものの新装版です。なお、本作品はフィクションであり実在の個人・団体などとは一切関係がありません。

徳間文庫

夫は泥棒、妻は刑事⑩

会《あ》うは盗《ぬす》みの始《はじ》めなり

〈新装版〉

2013年2月15日 初刷

著者 赤《あか》川《がわ》次《じ》郎《ろう》

発行者 岩渕徹

東京都港区芝大門二―二―一 〒105―8055

発行所 株式会社徳間書店

電話 編集〇三(五四〇三)四三四九 販売〇四八(四五一)五九六〇

振替 〇〇一四〇―〇―四四三九二

印刷 図書印刷株式会社

製本 株式会社宮本製本所

ISBN978-4-19-893655-6 (乱丁、落丁本はお取りかえいたします)

徳間文庫の好評既刊

赤川次郎
夫は泥棒、妻は刑事 5
本日は泥棒日和

可愛いらしくて甘えん坊の妻、今野真弓。そこが夫の淳一にとってはうれしくもあるが厄介でもある。もうひとつこの夫婦において厄介なのは、夫が泥棒で妻が刑事ということだ。ある晩二人の家に少女、高木浩子、十六歳が忍び込んだ。迎えに来た母親がいうには浩子はなんと鍵開けが趣味とのこと。二日後、今野家の近くで銃声が聞こえ、真弓の部下道田刑事が駆けつけると、そこには浩子が！

徳間文庫の好評既刊

赤川次郎

夫は泥棒、妻は刑事 6

泥棒は片道切符で

　コンビニ強盗の現場に遭遇した刑事の今野真弓は、犯人を捕らえようと店内に飛び込んだ。危うく射殺されそうになるが、九死に一生を得る。休暇を取るよう言われた真弓は、夫の淳一と一緒に静養のため海辺のホテルへ向う。ところが、ホテルの支配人に「三日以内に一億円を用意すること」と脅迫状が届き、真弓は相談を受けてしまう。傷ついた心と体にはやっぱり仕事？　休む暇なく事件に巻き込まれていく……。

徳間文庫の好評既刊

赤川次郎
夫は泥棒、妻は刑事[8]
泥棒は眠れない

警視庁捜査一課の美人刑事、今野真弓。そして夫の淳一も負けず劣らずいい男である。職業が泥棒という問題はあるが——。原人の骨格が展示されていると評判のM博物館で、女性の遺体が発見された。吹矢に塗られた猛毒で殺されたらしい。なぜか、その凶器は原人の手の部分に！　一方、原人の骨を盗もうとしていた淳一は、セーラー服姿の女子高生が運転する車でひき殺されそうになり……。